# 欢喜

*Corpo Felice*

[意] 达契娅 · 玛拉依妮 著
余婷婷 译

中国友谊出版公司

**图书在版编目（CIP）数据**

欢喜 /（意）达契娅 · 玛拉依妮著 ；余婷婷译. —
北京 ：中国友谊出版公司，2021.8（2022.3重印）
ISBN 978-7-5057-5270-2

Ⅰ. ①欢… Ⅱ. ①达… ②余… Ⅲ. ①中篇小说－意
大利－现代 Ⅳ. ①I546.45

中国版本图书馆CIP数据核字(2021)第142415号

著作权合同登记号 图字：01-2021-1161


**书名** 欢喜
**作者** [意] 达契娅 · 玛拉依妮
**译者** 余婷婷
**出版** 中国友谊出版公司
**发行** 中国友谊出版公司
**经销** 新华书店
**印刷** 北京中科印刷有限公司
**规格** 787×1092毫米 32开
7.25印张 90千字
**版次** 2021年9月第1版
**印次** 2022年3月第2次印刷
**书号** ISBN 978-7-5057-5270-2
**定价** 42.00元
**地址** 北京市朝阳区西坝河南里17号楼
**邮编** 100028
**电话** （010）64678009

# 女性、革命和一个逝去的男孩

Page 001

# 1

—

我当时六岁，在京都。有一天下午，我不知道我父亲为什么事心情烦躁，他硬说我把墨水洒到一本书上，把书毁了，可是我连碰都没碰过那本书。他坚持说就是我干的，说我撒谎是为了不挨骂。这对我来说是一个很严重的指责，也非常不公平，我甚至想过自杀以证清白。我又想了想，觉得通过死来证明自己是无辜的，这很愚蠢：假如我死了，他们会痛彻心扉，我是惩罚了他们，但同时我也没法继续长大，没法探索这个世界、体验人生，这会让我很难过。于是我决定：我要离家出走，再也不回来。

我不愿生活在一个不相信我、平白无故指控我的家庭里。我母亲平日里宽容又和气，当看到我沾了墨汁的手指时，也开始指责我。可是，我手指沾上了墨水，那是因为我在白纸上练习写一个日本字。父亲的书我根本就没看到，更别说碰过了。他们更相信沾了墨汁的手指，而不是我的话，这对我来说非常严重。

我年轻美丽的母亲呼唤我，却得不到回应，我年轻英俊的父亲才发现我不见了。他们开始寻找我，起初漫不经心，后来越来越紧张。如果我不在家，也不在小公园里，我会在哪儿呢？难道被人绑架了？恰好一个月前，报纸上出了一则新闻，报道了一个跟我同龄的小女孩失踪案。小女孩也许是被拐走了，没人知道她被带到哪里去了，又是为什么。

找过了家里和小公园，我父母开始沿街找我。在我们住的那片街区里，满是拥挤破旧的房子，有很多咖啡馆，入口都有布条做成的门帘，每有客人光临，布条都会晃动起来，还有小餐馆里飘出一阵阵酱菜和米饭的香味。可没人看到过一个六岁的金发女孩独自走在街上。我的父母几乎绝望了，他们在城市里到处搜寻，连医院和急救中心也没漏掉。

夜幕降临，我父母暂停搜寻，打算休息片刻再继续找我时，市警局打来了电话："那个女孩在这里，她是叫达契娅吗？你们来接她吧。""你们找到她了？在哪儿找到的？她还好吗？""她很好。""我们该去哪儿接她？""三条京阪警区。"

我的父母迅速赶来。他们一打开门，就看见我坐在警局的桌上，周围是一圈警察，他们都在饶有兴趣地听我用流利的京都方言说话。我说我在家里待得不开心，我想离开这个城市，我会找到工作，我甚至求他们让我留在警局，我会成为一个出色的警官。

我父母经历了数小时焦虑的折磨，他们看到我无忧无虑，穿着沾满尘土的红色小皮鞋坐在那里，高高兴兴地晃着小腿，跟围成一圈的警察自在地闲谈，当时他们都惊呆了。

我以为他们会狠狠骂我一顿。然而我母亲只是紧紧抱着我，伤心地说："再也不许这样了，再也不许这样做了！"她的眼泪打湿了我的头发。我父亲一直在嘟囔，说我太倔强了，让我不要再那么不懂事。我没有吭声，因为我不想让他在警察面前丢脸。但我很想告诉他，他才不懂事，他不相信我发自肺腑的话，只相信自己看到的所谓证据。

那天晚上，我睡得很好。我反抗了我所遭受的不公，我知道我父亲再也不敢随便指责我了。他不应该只相信表面，他该把事情调查清楚一点，也更该相信我的话。我当时就知道，面对不公正的对待，我的反应总是激烈而坚决。那长着天蓝色眼睛、珊瑚色嘴唇的，我可爱的托帕齐亚[①]，还有那长着栗色双眼，流露着讽刺和优雅的，我敬爱的福斯科[②]，他们也都明白了这一点。可我脾气并不差：我是一个快乐的人，总是兴高采烈、热情待人。只有面对不公时，我心里才会涌起一股难以压制的愤怒，使我做出各种抗争。有时我的反抗是平静而坚定的，有时又暴躁不安，难以自控。

后来我想，这种对不公的反抗，是源于一种自发的，或许是家族遗传的意识，还是来自于一种文化教育？我知道我奶奶奥伊——一位有着英国和波兰血统的作家，她就是一个有反抗精神的女人。我知道，我爷爷曾经把法西斯党员证塞到我父亲手中，因为这样“你就可以工作了”。我父亲当着他的面撕掉了那个证，十年都没与他说话。我知道我母亲在没有与父亲商量的情况下，毅然

---

① Topazia Alliata，作者的母亲。

② Fosco Maraini，作者的父亲。

拒绝宣誓效忠萨罗共和国[1]，尽管她很清楚，这样一来等待她的将会是集中营。面对各种形式的不正义，我祖母、父亲和母亲都坚决做出了反抗，坚持自己的信念，而不是接受历史强加给他们的社会义务。有人劝说他们，谴责他们，威胁他们，但没人能够动摇他们。

这种对不公的反抗意识，我们可以把它看作一种遗产吗？血脉相传，心心相印？或者，那只是大自然赋予我们的一种本能，让我们能应对生命中的困境？时至今日，我还是没有一个清晰的答案。我遇见过一些人，面对不公，他们会激动愤慨。我也见过一些无动于衷的人。我感觉这种反抗意识更接近一种本能，而不是文化教育的结果。但人们如果不培养、催生这种本能，它便会沉睡蛰伏。

① “二战”末期，墨索里尼在意大利北部建立的法西斯傀儡政权。

Page 007

# 2

—

如今，众多疑问纷至沓来，和那时一样。从小，我就一直缠着大人回答我那些无休无止的问题：爸爸，什么是公平啊？我觉得有些事是对的，有些事是错的，可对错到底由谁来决定呢？如果有些人认为正义在这边，而另外一些人认为正义在那边，绝对的正义究竟在哪里呢？这个问题紧接着会引出下一个问题：可是，爸爸，真的存在绝对的正义吗？接着又是：只有当权利被践踏的时候，人们才会渴望正义吗？或者，只是自尊心受挫，想要复仇？父亲有时间的时候会回答我，但总是急匆匆的，没有太多耐心，因为他还有其他事要忙。面对同样的问题，我的母亲答道："是啊，我的宝贝，这世间存在正义。在被法律规定之前，它就在你的心里了。"这些回答在我看来都太模糊了，于是我就去书里，到文章的字里行间寻找其他答案。可就连那些回答听起来也常常是含糊不清、自相矛盾的。

一个统治天国的上帝，我心想，信仰他的人认为正义从天上降临，会有一个法则区分善恶美丑，在世界末日来临之际，可以预见善与美必将胜出。我想象着，上帝的手中有一架衡量善事恶行的天平。根据天平倾斜的方向，上帝或是定罪或是奖赏。最好的奖励就是能够像一只拥有金色翅膀的鸟儿一样飞翔，坐在上帝的身边，与风云并肩。未来，天平会向哪端倾斜呢？

有信仰的人认为世上充满了善意。上帝就是这种善意的象征，因此他只会公平地进行审判，不带任何偏见。

上帝是善良的，天堂是美好的，结局必定是永恒的幸福，信仰上帝的人对此坚信不疑。

可想到这儿，我感觉自己进入了一个困境。我小小的脑袋里一直不停地追问，如果代表着宇宙的上帝只喜欢善，那么恶从何而来呢？既然他是万能的，为什么他无法战胜恶呢？我想，也许有人会说，上帝需要以恶来肯定善。那么，可以认为是上帝本人创造了恶，来作为他的对手吗？但是，恶可以只是一个想象的创造物而非现实吗？上帝有没有可能同时把玩着善恶两极呢？

事实上，如果不存在恶，人们如何辨认善呢？我想，堕落、诱惑和自由意志就是由此而生的吧。人自由地按自己的意愿行动，既可以做善事，也可以操恶行。可他们明白，恶将受到惩罚，善将得到奖励。因此，道德没有把善恶置于同一层面，而是赋予了善一种恶所没有的价值。它还告诉我们，投身善恶之战并永远追随善的一方才是正确的态度。

但假如主持正义的上帝最后没有出现呢？这是最令人苦恼的问题。如果人是偶然的产物，经过一系列水、气、无机物、光的化合作用与蜕变，塑造了一具沉重的躯体，碰巧生活在一个不稳定却神奇的平衡体中寥寥可数的星球之上。而这个平衡体，在爆炸与静止中，难以捉摸，没有人知道它将去向何方。

我心想，如果人只是一种赤裸裸的生物，按照自身尺寸，幻想出了一个宇宙呢？我穿着花和服，身体颤抖着。残酷的自然灾害，严寒酷暑，氧气的稀缺，猛烈的运动，黑洞，流转而神秘的时间，宇宙是如此不人性，以至于令人感叹生命真是一个不可思议的偶然，在数十亿人中竟找不出一个相似的，不是吗？众多疑问和推测就像饥饿的跳蚤一样纷纷跳上来：在一个偶然的世界里，伴随着一系列自然条件的相继发生，海洋深处的单细胞有机体进化成了一种叫作“人类”的复杂生物。在这一过程中，是非观是如何形成，又在何时形成的呢？

总而言之，道德如果不是源自审判者上帝，那它源自哪里呢？如果不存在一部教士为信徒编撰的法典，正义与不公的意识又从何而生呢？它只是人类为了保全自身而规定的准则吗？灵魂，我们也可以称其为意识，它能够感知平等、尊重、真诚、纯净，它能够明辨是非、将心比心、舍己为公、知情达理，它真的存在吗？在一团无意义的混沌中，存在某样如奇迹般神圣而重要的东西吗？我们体内有没有一个小小的审判者，他会观察、探究、比较、对照，然后断定是非对错？

显而易见的是，当不公正发生在我们身边时，我们会很快地认出它、反抗它。然而，当我们不认识的人遭受了不公，当这些人距离我们很遥远时，我们会做出同样的反应吗？还是会“眼不见，心不烦”？那个被黑格尔称之为意识，被弗洛伊德重新冠之以“超我”的严肃名字的小小内在审判者是否真的存在？

在名古屋集中营的时候，我开始思索的就是这些问题。集中营里没有书，我就把父母当作“活书本”，从他们口中找答案。回到意大利学校以后，我仍不断向老师提出疑问，和同学分享我的困惑。我原以为组建家庭、规划未来可能会帮我找到答案。可在和画家卢乔结婚以后，无所畏惧的我仍在反复提出这些问题。如果要热爱世界、与世界和谐相处，公正难道不是第一位的吗？高度和谐里难道不包含公正吗？

Page 013

# 3

—

当我失去我儿的时候，当那个孩子突然死去的时候，我也走到了濒死的边缘。夜晚，我们曾在被窝里谈天，我跟他讲述这个世界，期待着他的降生。我曾秘密地与他嬉戏，在他睁开双眼之前，我就已经将他拥在怀中了。我的腹中发生了奇怪的事，而我却毫不知晓。小家伙本该在胎盘的包裹和保护下慢慢长大，可他翻来又覆去，压扁了原本为他输送养料的枕头。医学上把这叫作“胎盘前置”。

经过漫长的痛苦与数小时徒劳的挽救措施之后，他们告诉我孩子死了，不公的感觉像一阵愤怒的浪潮顿时涌上心头，将我吞没。为什么？我哭泣，我不停地追问，为什么一个如此可爱的孩子要这样早早离世？他会有一双跟母亲、祖母一样的天蓝色眼睛，跟父亲一样的栗色额发。他已经会跟我说话，会开玩笑踢踢我。如果我挠他痒，他会笑，会因为开心而发出咿咿呀呀的声音，他平凡而快乐的将来已经可以预见。究竟为什么，他要这样匆匆离开，连一声告别也没有？为什么一个温暖舒适的子宫变成了一座冰冷的坟墓？

我是那么爱他，我不愿放他离开。医生们后来告诉我，他们当时以为我死了，因为我的身体抗拒把死去的孩子排出体外，又在大量失血，照那样下去，我必死无疑。为了把他带到世上，他们一直在拖拽，一刻不停地忙碌，可小家伙紧紧抓着我的腹，我也紧紧抓着他。最后，他们决定割下那块肉，就像童话里的猎人把小红帽从大灰狼的肚子里拽出来一样，可是太晚了。

我闭着双眼，心想：如果那个我爱抚了数月的小宝贝要离开的话，我就随他一同去了。我的身体说：如果要死的话，我们就一同死去吧。它紧抱着那个孩子，那个它还未见过却期待至极、疼爱至极的孩子。医生们救了我，没让我如愿。那种撕裂感，我从未忘记。这种不公的感觉，胜过我所遭遇的和我所见过的其他所有的不公。

放任母亲跟随孩子一同死去的做法对吗？还是不惜一切代价救下母亲？究竟是保住母亲更人道，还是保住胎儿？艾德丽安·里奇[①]在那本叫《女人所生》的精彩的书中说，分娩起初是一项只有女性才能完成的实践，由“血肉之手”来进行，之后被“钢铁之手”，也就是产钳

① 艾德丽安·里奇（Adrienne Rich，1929—2012），美国诗人，散文家和女权主义者。

所代替。人柔软而有力的双手带有神圣的属性，女性展现了她们所拥有的一项受人尊敬的力量——生育的力量，而生育是万物的源头。然而，随着时间的流逝，男女分工越来越精细，女性繁育生命的神圣性被剥夺了。她们被排挤到空洞的边缘，远离了生育的真正职责。生育孩子逐渐转变成了男性一方的功劳。

关于这个转变，一些思想接近启蒙运动的学者，例如约翰·密尔[①]和恩格斯，写下了一些文字。为了神化这个转变，埃斯库罗斯[②]搬到舞台上的话语被抬高，被奉为权威。俄瑞斯忒斯杀死了与他人通奸的母亲，复仇女神们为了捍卫母亲的权利，追捕俄瑞斯忒斯。杀害母亲的少年犯下了在当时被认为不可饶恕的罪行。他翻山越海，

---

① 约翰·密尔（John Stuart Mill，1806—1873），英国著名哲学家和经济学家，19 世纪影响力很大的古典自由主义思想家。

② 埃斯库罗斯（公元前 525—前 456 年），古希腊悲剧诗人。

万念俱灰，终日为犯下的罪行惶惶不安。终于，他请求新的伯里克利民主之神——阿波罗举行一场审判，判定他的罪行。阿波罗同意了他的请求。在众神法庭上，所有的男神都将到场。唯一的女神只有雅典娜。她从宙斯的脑袋里诞生，没有母亲，也永远不会有母亲，因此她既不清楚也不关心母亲的权利。

阿波罗的判决，得到了众神的一致赞同，决定了女性的未来：俄瑞斯忒斯被判无罪，因为他没有摧残生命的源头，他只是伤害了一具身体。这个身体卑微地容纳和保存父亲的种子，父亲才是生命真正的繁育者。这番论据让母权的捍卫者——复仇女神们陷入了永久的沉默（读埃斯库罗斯的时候，我一直在想，故事里的复仇女神们是不是有点太容易接受这个审判结果了，她们的转变是因为懦弱、恐惧，还是出于向强者靠拢的智慧呢？），两性的关系以一种清晰而不可更改的方式改变了。从此以后，男性成了人类繁衍的主宰，女性必须臣服屈从。

正如艾德丽安·里奇所写，有力的“钢铁之手”将会替代“血肉之手”。新生儿的头骨常常因为受到那双“钢铁之手”的挤压而变形，更别说剖腹产时手术刀划出的一道道口子。考虑到医疗体系的利益和医生的便利，人们过度采用剖腹产手术，完全无视产妇的利益，遗忘了遥远过去里那双灵活的“血肉之手”。我要补充一下，意大利是剖腹产手术实施最多的欧洲国家，除非我们相信大部分意大利产妇都有难产的状况，相信她们的胎儿正以一种怪异难解的姿势蜷缩在她们腹中，否则，这对女性的身体，对卫生部门的预算，都是一项无用且有害的行为。

Page 019

# 4

—

在佛罗伦萨上学时，我开始了痛苦的失眠。夜晚，我常常盯着床头一动不动斜立着的冷冰冰的十字架，陷入漫长的思索：女性的身体是许多表演、文学所解读的对象，这真奇怪。我当时正在读《圣经》。《圣经》里说，上帝用泥土创造了第一个男人和所有动植物之后，他感觉男人太孤独，就用男人的肋骨造出了他的一个同类：夏娃。世上第一对男女在上帝面前赤身露体。他们生活在一座美丽的花园里，那里遍地是奇花异果、虫鱼鸟兽。

但是，上帝告诫他们说：你们想吃什么，尽情吃。各种动植物也任由你们处置。只有园子中心那棵树上的果子不许吃，否则你们将受到惩罚。

就像许多古老的童话一样，越是禁止，越是好奇。可是，我想，当那棵树将它充满诱惑的果子递向亚当和夏娃的时候，上帝为什么不向两个创造物解释那棵树究竟存在什么危险？当看见蛇盘绕上树干，开始和两个年轻无知的人类攀谈的时候，他为什么不把蛇赶走？难道不是慷慨的上帝把这第一份无与伦比的礼物送到他们面前的吗？会不会是亚当和夏娃经历了一场对他们自由意志的考验？

面对上帝的命令和蛇的诱惑，亚当和夏娃真的可以在这两者之间做出选择吗？他们当然可以。事实上，亚当抵御住了恶，而夏娃经受不住诱惑，吃了禁果。但那个多汁的苹果里究竟含有什么可怕的东西？上帝没有说。作为补偿，蛇告诉我们：如果你们吃了那棵树上的果子，你们的眼睛将会打开，你们会变得和上帝一样，能够分辨善恶。我们是否可以认为，上帝下达了这个命令，只是想考验他们的反应？或者，他真的看见智慧树上存在某样东西，将会改变他与人类的关系？这样东西会使人类获得意识，仓促地进入一个由痛苦和战争筑成的世界？也许，沉默的背后隐藏着他的愿望——他希望这刚被创造出来的人类能够在他身边，在他迷人的花园里过着自由平静的生活，一生远离疾病、战争和痛苦。这才是热心的上帝所赠予的礼物吗？

我对那个铁制的上帝喃喃地说：夏娃的举动会被看成一种自由的行为，还是一种任性的违抗呢？蛇为什么先引诱女人，而不先引诱男人呢？也许，狡猾而聪明的蛇凭直觉感到女人更渴望智慧？或仅仅是它觉得女人意志薄弱，很容易就被吸引，违背诺言？这条引诱他人的蛇又是从何而来？我绞尽脑汁，苦思冥想。所以，在天堂这个“无人知恶”的地方，诱惑却已然存在：一个邪恶的爬行动物抛出了一个存心不良的诱惑。

总之，我想，应该确实是夏娃敏捷地意识到了这个获得理解和思辨能力的机会，这使她背负了一个巨大的历史责任，教会也从未宽恕过她。实际上，她的行为使人类远离了无知，却让她的后代陷入了不幸：仇恨、贪婪、嫉妒、愤怒、报复、妒忌、争夺、战争。这就是她做出邪恶选择的后果：夏娃是罪人。女人还被追加了一项惩罚——天使对她说："痛苦将伴随你生产。"

因此，艾德丽安·里奇写道，女性一直觉得生产是命中的一道险关，是难以忍受的痛苦一刻。因为女人吃了智慧果，这是上帝对她们的惩罚。但智慧为何如此危险呢？我在床上辗转反侧，苦苦思索答案而不得。为什么那命中注定的一口苹果会使人不再依附于神呢？恶，模棱两可、矛盾对立、难以理解。它的对立面是宁静美好的善吗？十全十美的善是静止不动、无色无味的，恶则充满了骚动和危险的力量，真是这样吗？

我突然感觉上帝在聆听我的困惑。教会否认了那位上帝的话语，从一开始就蔑视、谴责女性。在那场著名的审判中，阿波罗支持俄瑞斯忒斯无罪的理由建立在女性的本质上，而教会采取这种态度则基于女性应担负的责任。这个责任，一方面给了女人某种形式的自由——一次选择的自由，另一方面却把一个严重的过错推到了她身上，公正的上帝不得不因此处罚她。“我们可以得出这个结论，”教皇们说，“幸福的丧失，不得不承受的辛劳、痛苦和死亡，皆源自夏娃。”

正是由于这番论断，教会才将过错归咎到女人身上，数个世纪以来将她们置于下等吗？甚至连基督教组织内部的女人都被迫受奴役。虽然那些女人象征性地与上帝结了婚，但和圣母玛利亚一样，她们还保留着处子之身。直到今天，女圣人们仍痛苦地遭受着歧视：男圣人有投票和代表的权利，女圣人没有任何权利，就连选择由谁做她的主宰这样简单的权利也没有。“女人在沉默中，在极度的服从下成长。”我发现，圣保罗的话竟比上帝的话更有影响力。

“所有在父权制下出现的神话里，在梦的象征主义、神学和语言中，有两个概念在并行。”艾德丽安·里奇写道，“一个概念认为女人的身体肮脏堕落，是分泌物的大本营，会出血，有损阳气，是身体和道德败坏的源头，是‘地狱的牢笼’。另一方面，作为母亲，女人又被看作恩人，神圣而纯洁，无性生殖，是生命的源泉。这具潜在的母性身体，这具会出血的神秘身体，是她唯一的命运和存在的理由。这两种想法深深植根在女人内心，即使那些看起来最自由，最独立的女性也如此。”

在伟大的文学、绘画、诗歌传统的哺育下，区分女性的说法也由此而生。它并不存在于每个女人的身体里，可是当人们区别好女人和坏女人时，它就会显现。一边是被鄙视、受惩处的女人——她们恶毒，魅惑人心，引发混乱与衰退（古典世界里有克吕泰涅斯特拉、美狄亚，今日有维尔加的《母狼》和邓南遮《约里奥的女儿》，这样耳熟能详的例子不胜枚举）；另一边是神圣的女人，首先是具有牺牲精神的母亲，大门不出、二门不迈的姊妹，守贞守节的女儿。两者不能混为一谈。

我想，这种区分最终难道不会形成一种划分女性、压抑女性的道德恐怖主义吗？我们女人将父权制下的价值标准内化为自我要求，难道不是一个可以预见的结果吗？数世纪以来，这都是唯一一个存活下去的条件：你要么适应，要么受谴责、被排挤。你生来就是女人？那就守好你的本分！世界是属于男人的，你只是某样令人不安、危险而具有威胁性的东西，是我们应该控制和压抑的东西。

“假若人类能看到隐藏在他们皮囊之下的东西，那么当人看到女人的时候，一定会呕吐。如果我们连同指尖都拒绝触碰粪便的话，我们怎么会想拥抱一个女人呢？她们可是用粪便做成的。”这些极端的话语并非出自一个毫不起眼的狂热的基督教信徒之口，而是一位富有智慧、受人尊敬的神甫——克吕尼的圣俄多（Oddone di Cluny）。他被教会封为圣人，是克吕尼改革的首要发起人。那场改革重整重建了全世界的修道院。作为教皇，他有权监管众多修道院的合并，也有权在克吕尼接收来自其他尚未改革的本笃会修道院的僧侣。这些特权演变为之后数个世纪寺院制度的典范。

“正如父权制所理解的那样，与强暴、卖淫、奴役相比，母性不再是人性的条件。”里奇的这番话很像波伏瓦说的一段同样清晰明确的话：“没有生下女人，只有成为女人。”这不恰恰表明了我们是文化和历史的子女吗？很明显，本质存在且产生影响，即便我们竭力避免，我们对自我的认识和随之而来的行为依然被历史所制约。历史根据当时的意识形态改变、解读、扭曲本质。在历史的一片黑暗中，出现了星星点点的光的出口。

总之，我得出的结论就是，遭受监禁与排斥构成了女人的历史。或许，在遭监禁和受排挤的境况下，女人还是找到了提升地位的力量，也就是压制自己与生俱来的侵略性。她们有能力提升自我，因此，比起男性，她们受到的教育更多，这不是说她们更博学，而是指她们更懂得关注他人，更关心弱者，关注情感。这就是高尚的力量吗？

我们可以在那些监禁场所找到证据：修道院、精神病院、一些常常违背女性意愿而强制隔离她们的地方。安娜卡拉·瓦莱里亚诺[①]曾长期研究关在泰拉莫精神病院里的女性的病历卡，写了一本很精彩的书。这本书完美地论述了福柯的观点——并不是由于疾病和异常的存在，才诞生了惩治性的机构，而是惩治性的机构制造了疾病和反常。

① 安娜卡拉·瓦莱里亚诺（Annacarla Valeriano，1970— ），意大利当代学者，主要研究领域为精神病学史、社会文化史。

需要有一个开明且敏锐的人明白，一个违背社会行为规范的人，很容易会被贴上精神疾病的标签。需要一个为关闭所有精神病院——十足的简易监狱而斗争的人。精神疾病和其他疾病一样，应该在医院和家里接受治疗。被允许自由活动的病人并不比那些被认为是“正常”的人危险。为此，我们要永远感激佛朗哥·巴萨利亚[①]。看看报纸，满是“正常人”所犯下的罪行，而他们前一秒还是被社会大众所接受的“正常人”。这也是我们为什么一直反复强调，让更多的武器和军需品流通是一件可怕的事情，就像美国一样。

---

① 佛朗哥·巴萨利亚（Franco Basaglia，1924—1980），意大利精神病学家、神经病学家，也是一位精神病学改革者，曾倡导废除精神病院，被认为是20世纪最有影响力的意大利精神病学家。

# 5

—

为了省事而把女人关进精神病院，有很多关于这种故事的书。那些故事令人痛心，主人公通常都是一些单纯、未受过教育的女人，尤其是那些贫穷的、违背了所谓“家庭义务”的女人——不给丈夫做饭，婚外调情，照顾孩子时还不够忘我投入。丈夫、父亲或者兄弟就会拽着她的手，把她送进精神病院。在那里，医生常常会亲切地诊断她们患了癔病，然后将她们终生禁闭。在他们眼里，那些女人无法理解，也没有需求。在他们的解读下，那些女人的话语、渴望、抗议都成了患有精神疾病的证据。有时，她们甚至被切除脑叶。如果她们稍稍抬高音量，就会被绑在床上数月，或者被套上约束衣，动弹不得。

有人认为，尽管巴萨利亚做出了伟大变革，关闭了精神病院，废除了电击疗法和约束衣，但与过去相比，治疗体系仍相差无几，不过是由约束衣转变为烈性药物，使人变得如同行尸走肉。这话并不全对，谁如果在巴萨利亚法出现之前去过精神病院的话，就会知道改变是巨大的。虽然有时候治疗手段还是强制性的，监禁式的精神病院也试图东山再起，但是，人们不再将精神疾病与需要被镇压惩治的社会紊乱画上等号，也是一个积极的影响。

总而言之，只要女人做出了反常的举动，不论过去还是现在，往往都会被打上精神病的标签，这显然混淆了道德判断和临床诊断。众所周知，卡蜜儿·克劳黛就是这样一个例子。她来自一个非常严厉的天主教家庭，她的弟弟是一位杰出的文人，后来还当了法国驻美国大使。卡蜜儿是罗丹的学生，后来也成了他的情人。他们生活在一起，却是以非法同居的方式，因为罗丹不愿和妻子分手。卡蜜儿是一位出色的雕塑家，可每当她把自己的作品送到形象艺术国际展，却总是被拒之门外，因为她是女人。确实，当时的国际展是不允许女人涉足的。

有一天，卡蜜儿砸碎了她所有的作品，开始在众人面前痛斥那些艺术评论家、展览会的评审和整个男性世界。她的家人，由于笃信和惧怕流言，把她送进了精神病院。而她，再也没能从那里出来。她在监禁室里写的信优美而令人心碎。从信中可以看出，可怜的卡蜜儿根本没有精神病，之前的发狂不过是她在宣泄怒火罢了。

她的母亲路易斯·阿泰纳依斯·塞西尔·艾米莉·塞尔索像军官一样极其严厉，她的弟弟保罗·克劳黛不想毁了自己的外交官事业，于是，面对卡蜜儿持续的大声抗议，他们选择将她永远监禁起来。只有罗丹帮助她，探望她，赞美她的雕塑。可是，就连他也无法让卡蜜儿从精神病院里出来。在那里，年轻的卡蜜儿饥寒交迫，还被屈辱地认为是无法理解、没有需求的人。当怀上罗丹的孩子时，她还被强制流产，这更加重了她的痛苦。

“在讲述征服、奴役、战争和条约、探索和帝国主义的故事中，母性从未被提及。母性有她自己的故事、她自己的意识形态，比部族主义或民族主义更加重要。”艾德丽安·里奇如此写道。我的补充是，对于任何有裁决特权的政府或行政机关来说，母性都带有一种隐形的，有时不被提及但具有决定性作用的权力。人们常常将掌控生死的两种权力并列在一处。每个政府，无论是宗教的还是世俗的，都试图在国民身上实现对这两大权力的掌控：掌控死亡的权力，可见于发动和领导战争、指挥军队、审判、监狱，往往还有酷刑；对生的掌控，则源自女性的腹中。控制女性性行为的需求由此而生，女性性行为成为禁止的工具、禁忌和对权力的剥夺。为了传统道德的施行，女性必须保持纯洁、忠贞、顺从、奴化，完全屈从于男性的法则。

想想实现堕胎合法化的艰辛历程。过去，在许多像意大利一样的中世纪天主教国家，都是禁止堕胎的。在意大利，也是直到 1978 年才实现堕胎合法化。可是，当时的女人却没有任何用来避孕的工具。避孕工具既不能流通，也没有售卖的地方，连医生也不能开具。很显然，在这种情况下，既然无法事先预防，怀孕的人就只能被迫在事后采取措施，做流产手术（这让我们不禁想起歌德笔下美丽而无辜的玛格丽特。她被浮士德诱奸，怀孕之后却被抛弃。她在绝望之中杀死了孩子，最后自杀）。无论是对女人的身体，还是对生命的孕育来说，流产手术都是一项暴力行为。

导致的结果就是，大量私下进行的堕胎手术让医生们赚得盆满钵盈，女人们却陷入了贫穷，生命也处于危险之中。堕胎合法的法律一经通过，相关手术就减少了百分之八十。没有女人喜欢堕胎。可是，如果她没有其他选择，如果她被告知堕胎是阻止她生产的唯一方式，她只能接受，就算堕胎是一件辛苦、令人难以启齿且十分危险的事。只有避孕知识得到推广，避孕手段实现多样化，才能为女性提供其他选择。

Page 035

# 6

—

虽然我曾经参与支持堕胎合法化的运动，也曾为了推进堕胎合法化公开发声，可我的流产并不是为了摆脱一个我不想要的孩子。反之，我很爱那个孩子。失去他，我的身心支离破碎。之前为了保住他，我数月以来都不得不限制自己的活动。除了床，我能待的地方就只有泳池。可是泳池太远了，我只好躺着看书。卧床的那几个月里，我啃完了多少书啊！在被限制行动的那些日子里，读书是我唯一的乐趣所在，也是唯一能让我暂时摆脱沮丧、忘却烦恼，真正感受到幸福的事情。

我去医院做检查，护士把一个木制仪器轻轻放在我紧绷的肚皮上。过去，这个小型的木制仪器是给耳聋患者使用的。护士说："它在动！"它的确在动。我未出世的小家伙，像个芭蕾舞演员一样蹬腿、跳跃，又跌倒，可它从不抱怨，只是笑笑，又从头再来。"它太好动了，简直要闹翻天。"护士不停地说，她是一位圆脸、目光和善的修女，"虽然您在大量失血，我们还是希望它能一直这么活泼，这表明它还活着。"养料随着那些血液流失，剩下孤零零的它，赤身裸体，饥肠辘辘。

有一天，我一直没有察觉到这位芭蕾舞演员的存在，也没有感受到它顽笑时的喘息。我听不见它沉默的声音。以前，它的小脚常常踢蹬我，令我犯恶心，那时也没了动静。我赶到医院，圆脸修女把深色的木制听筒轻放在我腹部，然后皱起了眉，说不太对劲。"得马上叫医生。"她警觉地说。可医生不在，也迟迟未到。我们只能等待。修女每半个小时就拿着听筒，听听我的肚子，然后担心地摇摇头。她反复说着“得尽快治疗啊”，可医生还是没来。

当医生终于回到医院的时候，孩子已经死了。可对我来说，它并没有死，它还在踢蹬，尽管我再也体会不到它一脚一脚蹬在我肉体上的感受。那是个男孩，不知道为什么，我的直觉早已告诉我那是个男孩。当他们把孩子从我身体里取出来的时候，我的直觉得到了证实：尽管才七个月大，孩子已经成形，而且发育良好。我已经习惯了和那个孩子交谈，用着只属于我们两人的秘密语言。为了不陷于绝望的麻木中，我继续柔声与他交谈。

“你在哪儿？”我悄声问，呼吸沉重又缓慢。“她出现谵妄症状了！”我听见修女说。可我不是在胡言乱语，而是跟正在离去的小人儿说话。“我的宝贝，你去哪儿？等一下，我跟你一起去。把手给我，我要握紧你。我不想你离开我，把手给我，等等！”

我伸长手臂，想要抓住他的小手。我感觉自己在夏加尔[1]的一幅画——一幅我曾经很喜欢的画里：一具瘦高的身体，旁边是一只月光下的驴子，长着可爱的口吻。那具身体伸长了手臂，伸向另一具正要飞离的瘦长而柔软的身体。我心爱的一丝不挂的小人儿也正做着同样的事：他要从画里离开，而我为了挽留他，伸长了手臂。“等一下，抓住这只手，攥紧我的手指，不要走！”这时，驴叫了起来，它也要飞离这片如彩虹般缤纷亮丽的色彩。

我的小宝贝和宗教画里的小孩长得不一样。那些画里的天使们白白胖胖的，有着卷曲的头发和蝴蝶的翅膀。而我的孩子瘦瘦小小，肤色黝黑，毛发厚重，还睁不开眼睛。他张着嘴，想要呐喊出他的痛苦，却发不出丝毫声音。比起小孩子，他更像一只愤怒的小猴子。他只能蹬着两只粉嫩的、肉乎乎的小脚，在空气中乱踹。我的宝贝，你听得见我说话吗？

---

① 夏加尔（Chagall，1887—1985），白俄罗斯裔法国画家、版画家和设计师。

“她神志不清了。”这次是个男人的声音，他笨拙的语言令我深感同情。两位，我不是在说胡话，我在和一个懂我爱我的人说话，在和我的骨肉说话。尽管发生了这一切，他仍是我的肉中之肉。“她在呓语。”修女还在说。她为我测脉搏，想看看这位怪异的母亲心跳究竟有多快。可我根本就不是在胡言乱语。我也不打算停止，我会继续用充满爱意和悲痛的声音和那个小人儿说话。不久，那个小人儿就会被他们丢进垃圾桶里了。

“人们不会为一个流产的胎儿办葬礼，就算它已经七个月大了。”我听见他们说。可我不在乎葬礼。死亡、垃圾桶、医生和护士，尽管发生了这一切，那个张开小手、长着粉色指甲的小毛孩仍然在我身边，我知道。他将是我永远珍藏的至宝，我会一直跟他秘密地交谈，用只有我们两人知晓的语言，用只有我们两人才能互相给予的绝对信任，和只有我们两人才能彼此交换的微妙而深刻的爱。

Page 041

# 7

—

你的幽灵孩子叫什么名字呢？我不知道。你该给他个名字。那我就叫他“失去”，因为事实上我确实失去他了，可我觉得我会寻回他的。那叫“失去”，还是叫“寻回”？我要叫他“失去”，虽然我知道我会找回他，但换名字总是来得及的。无论如何，作为一位单身母亲，他的离去还是在我这片思想肥沃的大脑里深深地扎了根，始终不断生长、攀缘。可爱的阿失，你听得见吗？我闭上双眼，看见他笑着摇头。

他的双脚不再乱蹬。他睁开了眼睛，第一次看见我，不像是在看家里一面好看的墙壁，而像在端详一个与你柔声细语的人。他的瞳孔变大了，颜色变深了，目光热切。他抿起随时准备呼喊的嘴巴，露出一个温和的淡淡微笑。我们重聚了，在那个远离尘世纷纷扰扰的奇幻世界里。一个由精神错乱的快感和适当的想象构筑出来的世界。你别走，我恳求他。而他，在长久的犹豫之后，牵住了我的手。他的手上长着粉色的透明的指甲，还残留着胎盘的气味。

我尝试跟他解释什么是“母性”。他在听我说。我知道他是一个聪明、有求知欲的孩子。阿失，你听得见我说话吗？母性不只是一个自然行为。它是存在于世的一种方式。它是随着世纪变迁、生活条件的变化而改变的一种价值。它曾经一度受到赞美和尊重，可更多时候则像母牛一样遭受鄙视和控制，人们照顾母牛也只是为了它们能生下健壮的小牛。玛格丽特·米德[①]清晰地讲述了在有些民族，比如阿拉佩什民族，面对新生儿，男人像女人一样，展现了足够的柔情和关爱。而在其他民族，照顾小孩的任务只单单落在女人身上。这就表明，任务的分配是一个文化行为，而不是自然行为，你听得懂吗？

“可是，这个童话般的母亲国，真的存在过吗？”阿失——我的幽灵孩儿问我。虽然这是很久之后才发生的事情，那时的他已经长大，开始推理。“是的，很多人都相信它真的存在过。不止女人，还有一些男性思想家，比如著有《母权论》的约翰·巴霍芬[②]或者布罗尼斯拉夫·马林诺夫斯基[③]，他们都认为母系社会存在于父系王

---

① 玛格丽特·米德（Margaret Mead，1901—1978），美国人类学家，美国现代人类学成形过程中的重要学者。

② 约翰·巴霍芬（Johann Bachofen，1815—1887）瑞士法学家和人类学家。

③ 布罗尼斯拉夫·马林诺夫斯基（Bronislaw Malinowski，1884—1942），生于波兰，在英国成为著名人类学家，是现代人类学的奠基人之一。

国之前。”那些生活在遥远时代的女人清楚生育之所以神圣的奥秘，因此，她们获得了统治权。

接着，根据一些历史学家的理论，她们由于持续不断地生育，行动受限，无法完全参与社会生活。因此，她们失去了土地，尤其是在游牧和采集文明向农耕文明过渡的这个时期，财产变得非常重要。后代和遗产继承越来越依赖血缘关系。这时，男性占据了上风，他们认为女性不仅仅是私有财产，还应该无偿劳动，服从他们的意愿，按照父系社会的思想和利益行动。

“事实上，所有对女性的教育都是一场阻止她们走向反抗和冒险的密谋。整个社会，从尊敬的父母开始，都在欺骗她。他们虚伪地赞扬爱、献身和自我奉献的崇高价值，进而向她隐瞒了一个事实，即无论情人或丈夫，还是她的孩子，都不愿意接受这些品质所带来的沉重负担。她之所以乐于相信这些谎言，是因为它们在诱使她走容易走的下坡路。这是世人对‘她’所犯下的最严重的罪行。”波伏瓦在《第二性》中写道，“从她幼年开始，在她一生当中，世人都把这种服从当作她的真正使命，以此来损害她，收买她。这种服从，引诱着每一个为自由而焦虑的生存者。”

波伏瓦谈收买，不是很奇怪吗？不正是这个词，让我们走向了一个巨大的革新吗？从事物的另一个角度来看，那些到目前为止都被认为是正确的道德和教育，变成了一种贿赂的形式。“从小，女孩们就被引向了错误的道路，”你理解这种思想的颠覆吗，我的阿失？“也就是远离了自身存在的真理。世人向她保证，未来，她会拥有一个幸福的家庭，只要她甘做仆人，温顺服从，放弃所有思想和精神上的独立。”她放弃了，可是为了变得完美，她必须接受一种命中注定、无法挣脱的生活，她必须练就一种本能，就是心甘情愿地将自己关进一座监狱，关上一辈子。真是十足的贿赂。

明明是苦药，却被包裹上了甜蜜的糖衣。做出这些事的人，有宗教的和世俗的教育家、学校、母亲，还有家庭。那些家庭做出承诺，只要她们安分守己、任劳任怨，就给予她们安宁、幸福和温情。“公共道德认定，服从和自我贬低是她本质的一部分。没有什么可改变的，因为本质就是无法改变的。”这是她与生俱来的命运，与历史或生物学无关。如果她逃避这个天生的命运，就是违背了上帝的法则，是在对抗公共道德，也是在阻止自己变得更优秀。这个想法被牢牢地钉在女性的脑中。所有人都告诉她那些规则是绝对且不可改变的，是善恶准则的基础。如果她打破了这些规则，她怎么能有颜面面对自己？

一个女性和自己的命运做斗争，是一件怪诞和危险的事。阿失，你知道世人往女孩们的脑袋里灌输了什么东西吗？小丫头啊，你生下便是女孩，如果你想被世人接纳，想获得尊重，渴望被爱，你就要接受自己的命运，承认男性凌驾于女性之上，努力融入这个社会为你“贴心”浇铸的模板里。我的孩子，除此之外，别无他法。

你知道服从这个世界的法则是一件多么快乐的事吗？如果你爱你的囚笼，圆满完成你的使命，上帝会在天堂的最高处保佑你。当你死去，你会和你最温顺最幸运的姐妹们一起进入天堂。

“如果有人有意让一个孩子变得懒惰，让他整天嬉戏，不给他学习的机会，也从不向他展示学习的益处，那么，当这个孩子成年后，我们不能说是他自愿成为一个无知无能的人。世人就是这样教导女性的，从不教诲她们实现自我的必要性。女性自愿地依靠他人的保护、爱、帮助，按别人的想法活着，沉迷于不需要做任何事就能够实现自我的美好希冀里。”这些都是波伏瓦说的话，你不觉得现在的世界仍遵循着这个逻辑吗？这个“不需要做任何事”指的当然不是体力劳动，而是象征她们在社会活动中的不参与。女性在家庭生活中一直在工作，但她们的工作总是日复一日、千篇一律，从不如一个男人运用品德才智所进行的工作那样有价值，有创造性。

Page 049

# 8

—

新闻媒体说，很多女人希望得到保护，希望有人替她们抵御危险，她们也由此摆脱了许多责任。可她们为此付出的代价是巨大的：她们要永远放弃对自己生活和未来的决定权，她们要接受自己成为某人的附属，像一个永远不会痊愈的病人一样依靠他人。最终，她们变得像以前那些因为缠足而步履蹒跚的中国女人一样。缠足是身份的标志，是一种尊贵的体现，因为农妇肯定是不能一直坐在椅子上，不下地干活的。

那些最高贵最“幸运”的女人，她们的双脚因为缠足而扭曲变形，所以总是需要人搀扶，出门需要坐轿子，载她们去这儿去那儿。她们当然不必做一些辛苦的事，比如上楼梯、追在孩子身后照顾孩子、收拾家里。作为交换，她们一辈子都无法自由行动。

阿失，如果你想听点有意思的，听听这些伟大的文人是如何谈论女人的吧。普鲁塔克[①]在《道德论集》中写道：“关灯的时候，所有女人都一样。”索福克勒斯[②]在《大埃阿斯》中写道：“沉默使女人更显优雅。”尼采[③]在《敌基督者》中写道：“女人是上帝犯下的第二个错。”塞缪尔·詹森[④]

---

① 普鲁塔克（约46—125年），罗马帝国时代的希腊作家，哲学家，历史学家。

② 索福克勒斯（前496/497—前405/406年），古希腊剧作家，古希腊悲剧的代表人物之一，和埃斯库罗斯、欧里庇得斯并称古希腊三大悲剧诗人。

③ 弗里德里希·威廉·尼采（Friedrich Wilhelm Nietzsche，1844—1900），著名德国语言学家、哲学家、文化评论家、诗人、作曲家。

④ 塞缪尔·约翰逊（Samuel Johnson，1709—1784），英国历史上最有名的文人之一，集文评家、诗人、散文家、传记家于一身。

在《信札集》中说："面对自然给予女人的权利，法律做出了正确的决定，即大大缩减这一权利。"焦阿基诺·贝利[①]在他的十四行诗中讽刺说："女人就像板栗：外表美丽，内在却有缺陷。"巴尔扎克[②]则写道："要把女人当作奴隶对待，同时又要让她相信自己是个女王。"

你不觉得好笑吗？可这些人却不是在开玩笑。名单很长，我只跟你列举几个。"一个男人怎么可以喜欢一个也妄图思考、冒犯他的生物呢？一个思考的女人就跟一个涂脂抹粉的男人一样令人厌恶。"这是埃弗拉伊姆·莱辛[③]在《爱米丽雅·伽洛蒂》中写下的话。"女人的灵魂是如此渺小，以至于有些人以为她们根本就没有灵魂。"出自塞缪

---

① 焦阿基诺·贝利（Gioachino Bell，1791—1863），意大利诗人，他的十四行诗以罗马方言著称。

② 奥诺雷·德·巴尔扎克（Honoré de Balzac，1799—1850），法国19世纪著名作家。

③ 戈特霍尔德·埃弗拉伊姆·莱辛（Gotthold Ephraim Lessing，1729—1781），是德国启蒙运动时期最重要的作家和文艺理论家之一。

尔·巴特勒[①]的《杂念》。让·保罗[②]说："女人的全部，甚至连同脑袋，都是心。"伊塔洛·斯韦沃[③]在《一生》中写道："这些女人啊！一个女人开始了，其他女人就像鹅似的，跟在后面有样学样……而她们中迈出第一步的人，还是第一次从男人那里学来的。""一个女人，一直是也只能是个女人。而一支雪茄，还能让人美美地抽上几口。"出自鲁德亚德·吉卜林[④]的《未婚妻》。波德莱尔[⑤]在《我赤裸的心》中写道："对于女人可以进入教堂这件事，我一直

---

① 塞缪尔·巴特勒（Samuel Butler，1835—1902），是一位反传统英国作家，也是基督教、演化思想史、意大利艺术、意大利文学史研究家。

② 让·保罗（Jean Paul，1763—1825），德国作家，德国浪漫主义文学的先驱。

③ 伊塔洛·斯韦沃（Italo Svevo，1861—1928），意大利小说家。

④ 约瑟夫·鲁德亚德·吉卜林（Joseph Rudyard Kipling，1865—1936），英国小说家、诗人。

⑤ 夏尔·皮埃尔·波德莱尔（Charles Pierre Baudelaire，1821—1867），法国诗人，象征派诗歌之先驱，现代派之奠基者，散文诗的鼻祖。

感到很诧异。她们能跟上帝说上什么话呢？”

阿失，当这些文学巨匠谈论女人时，他们所传递的思想竟如此狭隘，这不奇怪吗？但这却丝毫不影响他们成为伟人。无论如何，我们敬爱他们，可我们也应该反思，对女人的厌恶为什么会变成一种不易察觉的毒药，甚至连最高贵的血液里也流淌着它。这种厌女癖更体现了一种真实且深入人心的文化传统。

# 9

—

古老的宗教都十分强调生育繁衍，甚至成了它们的一个顽念。你听得见吗，阿失，我的孩子？我要告诉你这些故事，因为这些故事构成了我们的根基，不只是我的根，也是你的根。你在听吗？曾经，在遥远的古石器时代，人们在岩洞壁上画下的女人有着很多乳房，她们肚子凸起，为了用力撑起沉重的腹部，她们的腿短而弯曲。

轮回，指的是人从降生、生活、死亡、重生、生活、又走向死亡，不断循环，直到这一场延续数世纪的轮回终结。有时，对于那些相信轮回转世的人来说，送子和保佑孕妇的女神也会在女人们濒死时陪伴她们，也常常伴随她们重生。

就比如阿兹特克人的女神科亚特利库埃。她是生育之神，但她之所以伟大，是因为她诞下了明月星辰，点亮了漆黑的夜。你能想象，一个年轻的农妇生下了月亮和星星，然后夜空瞬间变得明亮又迷人吗？有时，我们看到的圣母也是小心翼翼地站在一轮弯月上，就好像是她诞下了月亮，而星星，那些小小的发光体，则环绕在她头周围。

还有凯尔特神话中的布里奇德女神。爱尔兰人民崇拜她，是因为她掌管生育，保佑土地丰产，供养后代。高卢人也有一位叫作达默纳的女神。高卢人认为是达默纳生下了万物，不只生下了人类，还生下了植物和动物。

贝拉斯基族的欧律诺墨女神也非常相似。正如罗伯特·格雷夫斯[①]所讲述的，这位女神在天地间急速旋转，创造了北风。后来，北风变成了一条蛇，叫俄菲翁，女神则变成了一只巨大的白鸽。两者交配后，女神诞下了一颗硕大的白色的蛋，叫作宇宙。风神一直用爱孵化它，直到有一天，这颗巨大的蛋破壳了，展现了一个无与伦比的世界。这个世界里，流水潺潺，绿草如茵，树木葱茏，各种动物应有尽有，人类就在其中。

格雷夫斯所讲述的这个传说还有下文。据说，俄菲翁四处夸口，说那颗硕大的蛋是他凭一己之力诞下的，而作为母亲的女神只是一个途经的路人，一无所知。欧律诺墨听到这番话后，勃然大怒，驱逐了风神，让他在宇宙的虚空里无休无止地打转。你不觉得这个传说很奇

① 罗伯特·格雷夫斯（Robert Graves，1895—1985），英国诗人，学者，小说家、翻译家。专门从事古希腊和罗马作品的研究。

怪吗？这表明，在古老的过去，生育是一种只属于女性的能力。

阿失，如你所见，在众神之中，连同那些最古老的神之中，从不缺乏保佑母亲和生育的女神。这些女神的形象往往是忠贞的新娘，其他情况下则被描绘为一具颇有诱惑力的躯体。这身体一直在寻找一个它可以拥有并享受的阴茎，为了生下一个可爱的圆滚滚的男孩或者一个强健的女孩。男孩将成为未来的战士，女孩则在森林里飞快地奔跑，随意地交配，当她想繁衍后代的时候，她就生育。很显然，性爱和母性不能被分离开来，不是吗？除了还在闭眼沉睡的缩成团的婴孩，女人还能诞下月亮和星辰，就像阿兹特克女神科亚特利库埃一样。因此，在当时，尽管存在规定和禁忌，女性的身体还是因为拥有这种超凡的能力而受到尊重。

接着，还有伊特鲁里亚人。阿失，你还记得我们参观朱利亚别墅博物馆时，在石墓前，你目不转睛的样子吗？那些石墓上画着一男一女，他们一同坐着，欢畅地饮酒谈笑。在诸多古老的民族里，伊特鲁里亚人对女人的厌恶算是少的。他们供奉爱神杜兰。女神杜兰悉心滋养爱，如同在照料一棵苹果树，因为子女从爱中诞生，正如果子也从枝头冒出一般。

罗马人更关注战争，而不是神秘的母性。甚至连这样的罗马人，也不忘每年抽出一段时间庆祝性爱节日。这个节日源自色雷斯，是为了崇拜普洛塞庇娜——她为女子送去孩子，让百花绽放。她的身边常常会出现女神奥普斯。罗马人向奥普斯祈求能够多子多孙，祈求孩子不会在生产过程中死去或因病早夭。在当时，大量的贫农家庭的孩子都被各种各样的疾病夺去了生命。

她们向女神祈求的是一个幸福的身体。阿失，你明白我想说的话吗？你问我，幸福的身体指的是什么。就是一个能生育的身体，既能生出孩子，也能诞生出思想、愿望、计划和梦想。世界各地各个民族的女孩都跪在这些象征生育、丰产的形象前，祈求能够拥有一个幸福的身体，一个既能收获幸福也可以给予幸福的身体。

Page 061

# 10

—

阿失，每次想到这里，我都会思考一个同样的问题：基督教诞生在一个婴孩大量死亡的时期，为什么它还要如此坚持守贞禁欲呢？只是因为性被看作邪恶的根源吗？如果性能带来新生命，又为什么会被认为是邪恶的呢？既然所有的宗教都将生殖和性爱看作获取知识和增加人口的神圣工具，这种认为性很邪恶的执念不是很奇怪吗？

为了生孩子，需要性交。男性的阴茎要勃起，而勃起依靠的是情欲，并且这种情欲应该尽可能地被激发。根据许多传说和模范夫妇的故事，最理想的状态应该是，新生命诞生于两种欲望的交汇之处——使男性阴茎勃起的情欲和打开女性炽热肉欲的情欲。一个幸福的身体，应该在与自然的和谐中萌发，在活着的愉悦中成长，你不这样觉得吗？一个幸福的身体离不开精神上的幸福。可有多少身体在幸福地成长呢？

在我们的文化里，对于性的恐惧……阿失，你在听我说吗？我知道你捂住了耳朵，你不想听一个母亲一直讲述历史里的不公，毕竟这些不公对你来说无关痛痒。可是，阿失，我要说给你听，因为你有记忆力，而且是非常敏锐的记忆力。我确信，当你长大了，会用大脑推理思考的时候，你会记得这些关于母性的故事。你知道吗，女性的身体曾因它神圣的力量而一度收获爱与尊重，受到照料与崇拜。可是，对性的强烈恐惧，使女性的身体转变成了一个通向危险与恐惧的无底洞，变成了一具装满了荆棘和谎言的身体，一具最好避而远之的身体。如果实在避之不及，就要严密地控制她。她变成了一具被捆绑、被牢牢钉在土地上的身体，永远处在他的监视之下，永远不能离开他的视线。

你想想，因为这种性恐惧的执念，基督的母亲没有和丈夫同房就怀孕生产了，也就是人们说的“单性生殖”。你不好奇吗？虽然福音书里没有写到这件事，但是历任教皇都确定事情就是这样发生的。究竟是什么东西促使天主教在面对性欲时怒不可遏，严厉惩处呢？为什么在所有的罪恶中，性欲看起来是最危险、最狡诈、最该受谴责的呢？为什么禁欲成了一种怪异的执念？我不断地自我发问，可我希望你也能问问自己。你应该思考这些问题，因为这将有助于你形成独立的思想和对历史的认知，因此对你本身都将大有裨益。

意愿和思想创造了独一无二的上帝，而人则被认为是放荡的，是骚乱的制造者。惩罚肉欲，或许是为了凸显上帝与人类的不同，捍卫上帝吗？一味抬高上帝的话语，用它取代激情，有益吗？想想希腊人吧，他们是罗马人和基督教徒的老师。无论是宙斯还是阿波罗，或是狄俄尼索斯，古希腊神话里所有的神都疯狂迷恋肉欲，甚至将强奸都视作神的权力。那些罗马人一有时机，就尽情地交媾。他们相信性交能使土地肥沃，带来丰收。

那如何解释这种对肉欲的严厉禁止呢？是为了和古宗教区分，然后献身于上帝吗？一个不近女色，身边只有一个儿子的上帝。此时，另一个问题又随之而来：没有女伴的上帝是如何生下孩子的呢？可能上帝并不像逻辑和自然要求的那样，需要一个母神——一个可以生育的身体做伴？人们相信是孤独而万能的上帝创造了天地，用泥土造出了男人，又用男人的一根肋骨造出了女人。这种思想里，有某样孤僻又轻蔑的东西，引人担忧。

父权制就是这样诞生的吗？它就像一个父权王国，所有母亲都被它拒之门外，被全世界遗忘？这种排斥母性的愤怒究竟从何而来？阿失，虽然你是个男孩，但是你不能不思考这些问题：在一位母亲的身体里，究竟有什么令人惶惶不安的东西？我们是否可以认为这是一场显而易见的争夺权力的悲惨斗争？在这场争斗中，男性想要实现所有的自由和自主，支配一切，甚至想把生育这项伟大的权力，都转变成对女性的奴役。父权制真的如此简单，睹始便能知终吗？

上帝派遣天使告诉玛利亚，她将受孕。她将以处子之身，受圣灵感应而怀孕。那圣灵是如何使她怀孕的呢？是上帝根据自己的意愿使之实现的吗？为什么上帝要在她身边安排一位年迈的丈夫？在画里，这位丈夫常常被描绘成一位头发花白的老人。上帝需要圣若瑟让圣母怀孕？还是圣若瑟的存在只是一个掩饰，好让世人能够接受这个家庭？可圣若瑟只是一个凡人，而圣母却生下了一个有神性的孩子。这个孩子的名字将会是耶稣，将被宣称为上帝的儿子。因此，若瑟与耶稣的诞生没有任何关系，连任何间接责任也没有。不过，若瑟看起来并没有为此苦恼。所有人都将明白，因为神的旨意，他的妻子诞下的是一个神的孩子，有着一半神性，一半人性。

总而言之，是一只鸽子衔着圣灵种子进入了一个凡人的腹中，才诞下了耶稣吗？成百上千幅画都描绘过这个场景。阿失，你和我，我们都很熟悉这些画。因为，不管我去哪儿，我总会奔向博物馆，欣赏那些讲述着关于世界的古老故事的油画。我本该认识到，只有每一个女人都有一个幸福的身体，才会产生繁衍后代的愿望。可我还要告诉你，每一个男人的身体，对生育来说也同样重要，尽管后来男性曾经试图消除或者减弱那种繁衍后代的渴望，仿佛生育是一种危险而大胆的行为。

想想杰佩托，他多么想要一个孩子，所以他把一段木头做成了一个木偶。他对孩子的爱是如此深沉，让他的木头儿子匹诺曹最后变成了一个有血有肉的真小孩。可怜的杰佩托是一个年迈的木匠。他秃头，长着一对招风耳，又老又丑，没有一个女人喜欢他。他想做父亲的心愿，不令人动容吗？他的坚持最终创造了奇迹。若瑟——耶稣的父亲，也是一个木匠。谁知道，这两个孤独的男人是不是都暗暗怀揣着一个做父亲的梦呢？

Page 069

# 11

—

阿失，你发现了吗？就连上帝都渴望拥有一个孩子。可如果承载他神圣种子的不是一个缄默而富有耐心的女人，他就不愿承认她的身份。他没有像希腊诸神那样，在月光下美丽的草地上跟一个女神做爱。没有。他选择了一个可怜的农妇——巴勒斯坦的某个玛利亚，把自己的孩子送入她腹中。玛利亚没有房子，赤着脚，单纯无知，出身低微。她刚和一个木匠结了婚（或是她的父母根据当时的习俗把她嫁了出去）。而这个年迈的木匠受尽了劳作的艰辛，可能已经干不动活儿了。

阿失，你不觉得，如此伟大的上帝想和一个十六岁左右的卑贱的农妇生孩子，是一件很美妙的事吗？可如果他选择的是一个如此单纯、善良和朴素的女子，那他为什么不让这位女子坐在他身边，与圣灵圣子比肩呢？只是因为玛利亚是个凡人，而他是个神吗？所以他把玛利亚变成了一具被动的身体，一个仅用来存放神灵的容器，以抹除他犯下的这个严重过错吗？这跟阿波罗在众神法庭上为俄瑞斯忒斯所做的辩护相差无几。俄瑞斯忒斯因为杀害了母亲而受到复仇女神们的追捕。诸位，俄瑞斯忒斯被判无罪，因为他杀害的不是母亲，他只是捅了一具盛载父亲种子的身体。一个生命的诞生，仅仅只靠父亲的种子吗？

然而，我的阿失，我曾经读到，贞洁圣母的原型是古老的贞女战神。她们拒绝组建家庭，也不要丈夫，只会为了欢愉而享受一时的露水情缘。你和我一起读了这些，因为我的眼就是你的眼。她们被看作勇敢大胆的孤独之神、战争之神，你还记得吗？从生理上说，她们并不是处女，她们被叫作贞女，是因为没有任何男人在她们身边。那是精神和个性上的贞洁。这些独立的年轻女子，她们如果想要孩子，就生孩子，并不需要给孩子一个父亲。她们的孩子是单身母亲、贞女和女勇士的孩子。

阿失，有一次，我跟你讲了有关亚马逊女战士族的故事。据普鲁塔克的描写，她们生活在斯基提亚[1]：她们在黑暗中与邻近民族的战士随机交配。如果后来生下的是男孩，就把他送回父亲身边；如果是女孩，就把她留在身边，教她战术和治国之道。你和我一同看了那些彩色器皿上的血红色图画，上面是一些女性身体，她们的乳房是残缺不全的，被涂上了黑色。

---

① 斯基提亚（Scythia），又译为西徐亚、西古提、叔提雅，在希腊古典时代，古希腊人对具北方草原游牧地带的称呼。

我还跟你讲了酒神的女信徒。你记得吗？有一次，我们还去了剧院，看了一个改编得比较温和的现代版，欧里庇德斯[①]写的原版着实可怕。你当时在颤抖，你说得没错，因为历史是残暴的。酒神狄俄尼索斯想要报复渎神的彭透斯，于是唆使忒拜城的女人报复他。在酒精和药物的作用下陷入迷狂的女人们，以为自己变成了愤怒的母狮与母狼，开始在森林里奔跑。故事的高潮是，彭透斯的母亲——阿高厄没有认出自己的儿子，袭击了他，与喝醉的女伴们一起合力将他撕成了碎片。最后，她们将这个可怜少年的鲜血淋漓的头抛向空中，欢呼胜利。

所有这些故事的结局都糟透了，我的阿失。这些女人的故事甚至有时被看作一种解放——女性摆脱了父权秩序，自由地决定自己的人生。“你在说什么傻话？这只

---

① 欧里庇德斯（Euripide，公元前 480—前 406 年）与埃斯库罗斯和索福克勒斯并称希腊三大悲剧大师。

是一些愚蠢的传说。”如果我的朋友听到了，肯定会这样说，“你的幽灵孩子没有耳朵，听不见，也没有心可以感受，你跟他说什么呢？”然而，传说里总是包藏着一些真实的东西。这些真实的东西被神话的光晕所包围，显得奇幻而癫狂，但总是承载了遥远过去里的真相。

阿失，历史是由胜利者述说的。对此，你虽然不理解，可你是知道的。女人们还没有学会如何诉说她们的历史，拿回自己的观点、自己的战役、自己的成功、自己的梦想、自己的真相。但终有一天她们会做到的。那时，她们将为自己的性别感到自豪。

Page 075

# 12

—

人们总是把那些遥远而深重的罪恶推到女人身上，也常常指责女人软弱无能、不能自立、蛮横轻佻，不但禁止她们进入教堂，也不许她们参与艺术活动。问题是，女人们听着耳边不断回响的这些声音，最后，连她们自己也信以为真了。这是可能会发生的最严重的事了。亲爱的阿失，你在听我说吗？如果一个伤口成了受伤的身体的一部分，却忘了刺伤它的那只手，那这道伤口永远也不会愈合了。一道迸开的、永不消失的伤口，让女人们渐渐相信，那些伤痕本就是她们肉体命运的一部分，随着她们的身体一同长大，不可避免。

她们很少意识到这种内化的负罪感所带来的危害。对自己身体的厌恶，对性爱发自肺腑的恐惧，不平衡感，对自身力量的怀疑，与生俱来的自卑感，对他者的畏惧，自虐倾向。那些意志最薄弱的女人，为了保全自己不受谴责，或仅仅为了不沦为笑柄、陷入崩溃，想出了一些纵容敌人的策略。这场邪恶的同谋，我们所有女人都心知肚明。女性害怕受到轻视和责难，这种恐惧使本该被拒之门外的人成了座上宾。

我跟你说过很多次，那些受到有权势的雇主威胁的女孩子，最终都屈服于权势。这是一种痛苦的屈服。她们本可以反抗，可她们对自身没有足够的信心，因此她们闭上眼睛，咬紧牙关，装作一切都没有发生的样子。麻烦的是，每一次的忍气吞声，即使经受着屈辱和痛苦，最终都会被看作一场同谋。在这场“被同谋”里，女人常常将过错归结到自己身上。因为不管发生什么事，她都感觉自己是犯错的那个人。这种习惯使她相信，或许她真的存在某些问题，所以她想在别人惩罚她之前自我惩罚。

事实上，这恰恰是诱奸者所期盼的。不得不说，结果也常常是如其所愿。我的阿失，你能跟上我的思路吗？如果诱奸者是受过教育的有地位的大人物，他们不会冷冰冰地实施性侵，而是采取一种会获得受害者默许纵容的策略。这种计谋经常得逞，尤其是在女孩非常年轻，不谙世事的情况下。儿童性侵案里也常常发生这种情况。很多恋童癖者都有两张面孔，在公众面前表现得像个善良亲切、品德高尚的人。一旦这个捕食者瞄准了一个小孩——我这样说，也许你会更好理解一些，阿失，我沉默的孩子——第一件要做的事便是诱惑他。如果这个孩子天真又单纯，游戏就变得很简单了。尤其是面对那些缺少关爱、孤独不安的孩子，恋童癖者就顶着一副拯救者的面孔出现，表现得像一个能够给予关心和爱护的人。

这个孩子不会想到，在那些赞美和亲切的话语背后，在那些关怀体贴的动作背后，存在着一个周密的计划。诱奸者就像食肉花一样，释放香味，展现诱人的颜色，吸引一无所知的昆虫。当这个小虫想要欣赏它的美时，咔嚓，食肉花合上了它有力的颌骨，囚住了无辜的小虫，然后就可以无所顾虑地吞食它。对少不更事的孩子来说，他很难会去怀疑一个为他奉上礼物和溢美之词的笑眯眯的热心人。而这个热心人，在获得孩子的信任之后，就会关上有力的颌骨，困住他，对他实施性暴力。

这个时候，孩子会深刻地感受到自己遭受了侵犯，可与此同时，他又觉得自己是个共犯。因为恋童癖者在他周围编织了一张温柔的网，让他觉得那似乎也是暴力的一部分，好像这种暴力，可以说是他咎由自取。认不清施暴者，常常让受害者采取可怕的自我惩罚。被侵犯的孩子大多会陷入抑郁，有自杀倾向，在毒品中寻找平静，身心都混乱不堪。

接着说回女人。虽然我说的不是像你一样的孩子，也请你继续跟随我的思绪。女人也同样容易受到暗示，即她们一定程度上也促成了她们本身所遭受的暴力。施暴者会让她们感觉置身于一个两人游戏中，一种“互易”游戏，交易的内容就包括最终的暴力行为。紧随其后的便是一个在缄默与共识之中达成的秘密契约。有时，如果利诱不成，施暴者就开始威逼。这种威胁甚至是直截了当的：如果你说出去的话，我就撵走你，让你没好日子过；如果你说出去的话，我会想办法败坏你的名声，让你无地自容，让你成为众人的笑柄，让你成为众矢之的。

这个女孩如果涉世未深又心生恐惧，也许会妥协。假如多年以后，她鼓足勇气，跟人倾诉这段遭遇，或许是跟她爱上的男孩，对方可能会问她：“你之前怎么不说呢？”你的沉默如谎言般苦涩：你是一个骗子，你编造了一切，只是为了报复某个人或者博眼球，又或者，只是为了伤害那个曾许诺永远爱你却又抛弃你的男人！

除此之外，那些在遭受性侵之后，第一时间提出控告的女人说：那些有勇气发声的女性，将会在工作领域威信扫地。因为性侵发生时，总是缺少目击证人，因此受害者的话和性侵者的话分量相当。另外，如果这个男人有权有势，委托了顶尖的律师，结果就会变成：要么是她在撒谎，什么事都没有发生。她捏造了一切，只是为了博人眼球。要么就是，没错，确实发生了性行为，可她不仅是自愿的，还是她主动勾引的。因此，她就是一个骗子，想利用强奸犯的善意敲诈勒索钱财。

阿失，当你和我一起读报的时候，这样的故事，我们听过多少回了？最近这段时间里，只有当受害的女性们听见了越来越多同类的声音，她们才鼓起勇气，提出控诉。因为一个人的声音，是不会被相信的。她们知道孤身奋战将会一败涂地。而勇于发声的少数人，也在那些有权势的男性轮番的反诉下，被迫噤声。在性侵案中，总是很难找到证据。另一个原因就是，一个女人不可能随时随地带着一个打开的录像机或者手机，给罪犯录像或者拍照。强奸犯正是利用了受害者没有防备，现场又没有目击证人这两点，实施性侵。

我的阿失，我突然想到一个问题，你听了可能会发笑：一个遭遇了盗窃或者抢劫的人提出控告，法官会问他体会到“快感”了吗？没有人会觉得一个被抢劫的受害者是自愿被抢的。可强奸犯的基本观点却恰恰如此：这才不是强奸，因为她同意了。那什么才是犯罪？这一切都源自人们从古罗马时期就深信不疑的一句话：Vis cara puellae，即“女性喜欢力量”。就好像在说，强奸不过就是一种力量的体现，女性不敢承认她们喜欢这个东西，可内心深处却在渴望一个真正的男人，为她们带来快感。很多不尊重女性意愿，也不认为女性有自主意识的男性，还有这种令人难以理解的想法。

Page 083

# 13

—

不相称的感觉和对自我能力的怀疑，就像一个需要救赎的罪过，深深烙印在女性的心里。这并非偶然。你在听吗，阿失？我怕你觉得无聊，可我紧牵着你的手，不想让你离开。我希望所有人都能拥有理性。理性将我们联系在一起，就像一对思想共通的兄弟。不要抗拒。理性是这世上最人性最美妙的东西，我想和你一起分享。

例如，在恋爱方面，女性常常渴望和要求受虐。我曾做过一个调查，研究女性写的情色小说，结果令我大吃一惊。我发现，无一例外，她们写的所有情色小说都基于以下这个前提：女人在性爱上能体验到的最大快感来源于痛苦。我说的是性。的确如此，所有大获成功的情色小说，比如《五十度灰》《五十度黑》和《五十度飞》三部曲，都建立在一个谬论上：如果女人能够自主选择对自己施虐的人，她就是自由的女英雄。

我觉得这简直荒谬。你不觉得吗？现实里，没有人会欣然愉快地接受折磨。可女性却在内心里接受了这种痛苦，甚至认为能够自主选择自己的施虐者是一项巨大的成功。这是一个受虐狂歪曲的自由观，毫无疑问，这也是历史的产物。否则，就无法解释这些畅销书为什么会大获成功，它们传播的可是一种几乎脱胎于奴隶制的自由观。有的奴隶，厌恶自己的奴隶主，竭力反抗他，尽管清楚自己无论如何都赢不了，但至少还能保住尊严上的自由。有的奴隶则调整自己，把奴隶主当作偶像，当作参考对象，接受他的价值观。

阿失，听我说，发生在一个女人身上最糟糕的事情，恰恰就是迎合男性的思想，欣然且虚荣地将自己看作一个被追求的猎物，一样被渴求的物件，一份需要保卫的财产。因此，她处心积虑地把自己扮成一个洋娃娃，她也很清楚如何让这个洋娃娃变得富有魅力、难以抵抗。女人接受了奴性，仿佛那是一种无法避免的不幸。那些性感暴露的衣服，好像在挤眉弄眼地说着："来抓我呀，我会逃跑，可你该追上来。"就是这种奴性突出的表现，坦白说，这种表现有时令人难受，有时又很滑稽可笑。

女性使用一种男性为男性而发明的语言，这是一种倒错。可女性不仅很熟悉这种语言，有时甚至迷失其中。我还记得伊达·马利[①]在她的一本书中写道，女性通过穿

① 伊达·马利（Ida Magli，1925—2016），意大利人类学家、哲学家。

衣打扮的方式，说着男性之间交流的语言。这并非自主的选择，而是一种僵化的欲望的表现，展现了归属、激励、竞争和对荣誉的维护。“为了理解我们的文化，”她在《男性》中写道，“我要理解男性，因为是他们构建了我们的文化。这就是我回溯的道路，在路的尽头，我找到了阴茎。”

很多女性认为，在这个由男性支配的世界里，获得成就的唯一办法不仅仅是拥有和实现男性眼中的传统价值，而且还要以一种充满热情的夸张的方式去实现，唤起一些傲慢男人的兴奋感。可她们不知道，自己变得很可笑。你也是，阿失，你也会觉得那些撒娇、扭着腰肢走路、笑容轻佻撩人的女孩很可笑吧？你还会说，她们这些行为全是奴化的体现，因为她们不是在表达自己的品位，只是在模仿一种风气，用一种习以成风的手段，激发男性的兴奋。

你可能还会说，使用这些诱惑的手段，也没什么坏处。动物也这么做。我知道。可矛盾的是，在自然界，通常是雄性用他们的色彩和羽毛，用他们的美，在努力吸引雌性。“（公）孔雀开屏”，可不是随便说的：美丽的雄孔雀展开它绚丽的羽毛，想要吸引雌孔雀的注意。而雌孔雀又矮又圆，一身暗淡的灰色羽毛。为了激发雌鸟的性欲，只有雄鸟在表演，竭力炫耀自己夺目的光彩。仅仅这一个例子就足以说明，在人类世界，男女角色不幸被颠倒了。

我想起一则新闻，让我印象很是深刻。你也记得，因为我们是一起在报纸上读到的：两个少女在罗马的富人区卖淫，只是为了一张电话卡。当新闻被报道出来以后，她们被问，既然衣食无缺，为什么要卖淫，还以如此低廉的价格。她们的回答是：“我们自由自主，想卖就卖，有什么不好？”没有人强迫她们，她们这样做，是因为她们乐意做。这完全是步入歧途，是市场文化下一种可怕的自我认知。两个女孩，据她们自己所说，在自愿自觉的情况下，赋予了自己的身体一张电话卡的价值。一个畸形扭曲又损害自身自由的看法。

卖淫。我刚念出这个词，就听见那些激动的声音，重复着那些老话：“可卖淫一直都存在啊。它是人类历史的一部分，没有办法。”阿失，你也听到过这些话吗？但是，对此，人们可以反驳，如果没有嫖客，就不会有人出卖身体。说到这里，我们要严肃地思考一个问题：为什么一个男人会在购买一具身体时，体验到快感，而不是在追求她、爱她、虏获她的芳心的时候呢？为什么他会想付钱呢？

一个世纪以前，女孩子都被禁锢在家中，年轻男孩子需要发泄性欲，却没有女孩子可以做爱，于是他们就发泄在妓女身上。可如今，性爱自由，女性再也不会被禁锢在家里，到底是什么促使一个男人寻找有偿的性服务呢？

答案多种多样。你还记得我们在罗马认识的美国女作家凯特·米利特[1]吗？当时，她来宣传她的书，她羞涩而局促不安，一双大眼睛透着悲伤，挂着灿烂的笑容。凯特·米利特将男性嫖娼解释为一种纯粹的统治的需求，那些内心恐惧和受挫的男人想要在一个女人身上实现完全的支配。一个绝对屈从的身体，给予自己性快感，却不要求自己回报爱情、追求、关心，甚至尊重，对有些男人来说，这种满足感大大抵消了他们的痛苦和屈辱。

你想象一下，有一个职员，他可能在工作上受屈辱，被剥削，被误解，万念俱灰——米利特让我们努力发挥想象力，带领我们进入那个想象的虚无之境。这个职员，工作逼得他丧失理性，妻子不爱他，跟领导的恶劣关系也让他觉得恶心，于是，他想要报复世界，报复那些从不如他所愿温顺、屈从的女人。而一个漂亮的女人，在

① 凯特·米利特（Kate Millett，1934—2017），美国作家、教师、艺术家，激进主义女性主义者。

简单地商量过后，就可以任由他掌控，就算只有五分钟。这让这个对生活不满的男人精神愉悦，让他感受到自己的重要性、感觉自己是个胜者。就算价钱很昂贵，也值得。很有说服力，不是吗？据意大利国家统计研究所的数据，意大利每年都有九百万男性嫖娼，原因不正在于此吗？

有人认为，根据古老的传统，男性曾过着一种多配偶制的生活，尤其在性行为上。可如今，法律禁止多配偶制，男性通过和多个女性性交的方式，希望重拾这种特权。他们自然要付钱，可从某种角度看来，付钱也是一种保障。一种以金钱交易为基础的契约，不会要求任何感情、关怀和照料，不会有负担，也不会卷入麻烦。做爱，付钱，然后甩手走人。总而言之，就是在抽一根烟的时间里，实现一个小小的多妻制的梦，不用承担任何后果，更不用承担任何责任。

还有人——阿失，这些人是你外公的朋友，是一些历史学家和有着长鼻子的人类学家——认为，在遥远的过去，人类是游牧者和狩猎者，因此在他们最古老的记忆中仍留存着游牧生活的印记，而这种游牧式也体现在性生活上。他们仍享受游走在多个女性身体之间，却不用承担任何责任的快感。想想关于奥德修斯[①]的神话，想想这个足智多谋的伟大的旅行者，他代表了欧洲文化里肉体与精神的躁动不安。

无论何时，奥德修斯都一直表明想要回到伊塔卡岛，回到自己的朝廷，回到妻子和心爱的孩子身边。可事实上，他在女巫喀耳刻身边停留了十年。喀耳刻住在埃埃亚岛上一座冷清的宫殿里，宫殿四周都是野兽。女巫有个坏毛病，就是会引来男人，然后把他们变成猪。奥德修斯的同伴们都被她变成了猪，她在奥德修斯身上也试了，却没能成功。奥德修斯与喀耳刻的结合将会是幸福

① 奥德修斯，古希腊神话中的英雄，对应罗马神话中的尤利西斯。

的，他不会变成令人作呕的猪。

喀耳刻是唯一一个在同居多年以后，毫无怨言地让奥德修斯离开的女人。之后，奥德修斯在前有斯库拉海怪，后有卡律布狄斯漩涡的海峡遭遇了一场可怕的风暴。幸存的奥德修斯在奥杰吉厄岛上了岸，和女神卡吕普索在岛上度过了七年。最后，还有公主诺西卡。在所有被奥德修斯虏获芳心的女子中，她是最年轻的，几乎是一个还在玩球的小女孩。阿失，当你听到“那些小女孩在海岸边玩球”的时候，你可能会很惊讶：“可他们在那个时候就已经有球了吗？”好像确实如此，公元前200年的文法家阿加利斯甚至认为“球”这个单词就是诺西卡发明的。

在海难中生还的奥德修斯筋疲力尽，倒在海滩附近的灌木丛后面睡着了。他醒来后，听到了女人的声音，于是循声而去。当他走到那些女孩面前的时候，才发觉自己赤身裸体，十分羞涩。而那些女孩，看着那个脏兮兮、满脸胡茬、一丝不挂的男人走近时，差点把他当成野外的强盗。只有诺西卡站在他面前，同情地看着他。她马上取了一条毯子，给这个外来人披上。接着，她把奥德修斯带回了宫殿，简直像母亲一般体贴。在那里，奥德修斯喝到了新鲜的水，吃了热乎的面包，还向年迈的阿尔喀诺俄斯——弗阿克斯人的国王讲述了自己的冒险经历。

这次，奥德修斯貌似没有在诺西卡的房间里休息，与这位处子共度良宵。尽管这个少女深受奥德修斯的吸引，但明智的她还是鼓励奥德修斯离开。厌倦了漂泊，也疲于和诸多女子交媾的奥德修斯，最终离开了。他回到了自己的岛屿，寻回了妻子，杀死了所有妻子的求婚者。多年来，佩涅洛佩用各种承诺和借口，一直在打发和拖住这些觊觎王位的人。奥德修斯夺回了王位，还残忍地杀光了所有曾和占领者做过爱的侍女。

但是，正如但丁所讲述的那样，奥德修斯并没有在家中过多停留。当奥德修斯乔装回到自己的王宫时，他的乳娘是第一个认出他的人，因为她看到了奥德修斯早年被野猪弄伤留下的疤痕。而他温柔的妻子一边耐心地等待他归来，一边与前来求婚的人艰难地周旋。那些求婚者费尽心机要娶她为妻，她不断做出承诺又反复食言，只为拖延时间。尽管与自己年老的乳娘重聚是如此温馨，尽管妻子是如此体贴，尽管终于和思念已久的孩子相会，最后，奥德修斯还是抑制不住对旅行的怀念，又一次踏上了旅途。他把以前的船放下海，又开始了新的历险，一直朝着无边的大海前行，也许，那里会成为他的葬身之所。

Page 095

# 14

—

我有好几次都梦见我死去的孩儿，我的小阿失，长着金色的头发，有着和我一样的天蓝色眼睛。不知道他的眼睛为什么是天蓝色的，他也可以像他的父亲一样，长一双褐色眼睛啊。他的画家父亲有着深色的头发，一双眼睛明亮而温柔。现在，我已经记不清，当时提出分手的人究竟是我还是他。在最初的激情和两年的同居生活过后，在满心期盼的孩子死去之后，我们的婚姻就像太阳底下的冰淇淋一样融化了。那些甜蜜，被充满敌意的大地吸收殆尽，再无踪迹。

尽管如此，我还是爱过我的丈夫，为了他而接受了许多不正常的事物，比如让他有智力障碍的弟弟马尔切洛住在我们家。温柔的马尔切洛已经三十岁了，言行举止却像个十岁孩子。他喜欢乘电车。每天早上，他都出门挤上一辆电车，然后在中饭时间回来。“马尔切洛，你去哪里了？”“出去转了转。”“去哪儿转了？”他不知道怎么说。“你玩得开心吗？”“我进了一家店，想找蔬菜汤，可是没找到。”“我给你买，我知道哪儿有卖。”“不要，只有我自己知道我想要哪种。”那是一种黏糊状的汤，被封在深绿色的小管里。打开盖子，他就能直接从小管里吸汤喝。

有几次，当我的丈夫在作画时，我就陪着沉默少言的马尔切洛去博尔盖塞别墅散步。可他更喜欢坐电车。他会背上一个小双肩包，里面装满了已经吸了一半的面汤小管。“马尔切洛，你不觉得渴吗？”他只是笑着，不说话。他挠挠头，像受惊的孩童一样睁着两只眼睛，看着我。有时候，在晚上，我会听见他越发急促的喘息。早上，我会在他的床单上发现一些暗黄色的污渍。“马尔切洛正在变成一个男人。”我的丈夫带着一丝和蔼的笑说道。可到了三十岁了才变成男人，不会有点儿晚吗？“你要对马尔切洛有点儿耐心：他是一个装在大人身体里的小孩，对他来说，走进成人的世界不容易。”这我知道，我也愿意耐心等待。我爱的是他的哥哥，但是在他身上，我也看到了我丈夫的一些魅力，虽然一种奇怪的生长病一直困扰着他。“就好像家里有一个八岁小孩。”

还好，我跟小孩的关系一直都不错。我把他们当成同龄人来交谈，他们也回报我以信任。我不喜欢那些把小孩子当成傻瓜的人。他们跟孩子说话时总是装腔作势，用着一种扭曲失真的语言。我相信小孩子和成人一样聪慧，我相信他们有着同样的感受、情绪和体会爱憎的能力。只是他们还没学会如何表达。经历是成人和小孩的唯一区别。当心那些利用自己的成人经历，在单纯的孩子面前树立威信的人。他们会毁了孩子的一生。

现在，阿失在何处呢？流产以后，我在婆婆家住了几个月，她家有一个精心打理的大花园。在那段日子里，我曾问过马尔切洛这个问题，他柔声对我说，在最高的一棵树的枝头上，阿失正在那里栖息呢。那是一棵黎巴嫩雪松，纤长的树枝上长满了松针。每年到了春天，泛着光泽的长形松果就挂满枝头，它们之前还是绿色的，而且绿里微微透着点蓝，之后就变成了褐色的。“他在那里，看着我们笑呢。”马尔切洛说。“你觉得，他在笑什么？”“他笑我们都小小的，还有我们老是会饿。”“他不会饿吗？”“他不会，他吃空气和风，像一个气球一样鼓起来。可是，他一哭，肚子里的气就全化成眼泪消失了。”

想到我的孩子阿失在树上做了个窝，还注视着这个房子，我觉得很有趣。这个房子里，住着他的母亲和奶奶，他的父亲也出生在这里。他父亲的画变得越来越大，也越来越绝望。我问："他为什么不下来，跟我们一起玩？"马尔切洛正沉浸在迟到的青春期所带来的烦恼中，回答说，灵魂不吃饭，也不玩耍，它们只看，因为它们用眼睛吃东西。

我想象我的小阿失十岁时的样子，也就是跟他叔叔马尔切洛的心理年龄一样大的时候。阿失，那个年纪的你，会做什么呢？我能肯定，你会像你叔叔一样自慰，在床单上留下暗黄色的污渍。你会开始变声。你的手臂上会长出一些透明的毛，你会为此感到难为情。不，也不一定，你可能会为此自豪。你在成长，你的身体也在改变。年复一年，马尔切洛就像中了魔法一样，在一个时间里静止不动，而你却在快速地转变。十岁，然后十一岁，接着十二岁，然后十四岁。我觉得，你会成为一个聪慧的孩子，一个博览群书的人。又或者，因为跟我争论的缘故，你不愿看书了？如果我的母亲看很多书，我就要反其道而行，以区分我跟她。我跟她相似的地方已经够多了。你会这么想吗?

可我知道，你是爱看书的。我知道这个，是因为当我怀着你的时候，每当我看书时，你就会缩在角落里，听着那些从我唇边和眼前流转的话语。为了让你听见，我会大声地读出来。我读的时候，你从不乱动，总是安详又恬静。我看了多少书啊！根据医生的嘱咐，我常常卧床在家，无事可做的我只能捧着书看。

你还记得《魔山》吗？我不知道我为什么会迷上那本书，我放慢了阅读速度，因为我舍不得看完它。我喜欢主人公卡斯托普。他一直爱着那个不幸的人儿——肖夏太太。每次进餐厅的时候，肖夏太太总是会把身后的门重重拉上。尽管美丽的肖夏太太身材丰腴，吃起饭来却像小鸟一样。卡斯托普在衣服兜里放着肖夏太太的 X 线胸片，时不时就会拿出来，亲吻一下，仿佛他拿的是一张珍贵的相片。

书堆满了床头柜。《在少女们身旁》：你还记得康布雷的海滩和那些迎着海风的骑行吗？契诃夫的小说，《战争与和平》，《奥那林》，《到灯塔去》，《傲慢与偏见》，《红字》《泽诺的意识》，《风中芦苇》里的平托三姐妹，她们都爱上了总是闯祸的外甥，还有《呼啸山庄》里被囚禁在密室里的女疯子带给我的恐惧感……那时，我每天都看十小时的书，不知疲倦。有好几次，都是你累了，开始踢我。于是，我就去泳池游泳。这是我唯一可以做的运动。

我知道，你会是一个细心体贴、爱好幻想的孩子。你偶尔也会叛逆，可从不乱发脾气，没有那种令人生厌的任性。我就这样看着你在我身边长大。有时，你会恋爱，你会跟我讲，语气里满是甜蜜，还有一点点幻想。我知道你会爱上一个女孩，她会不会是常来给我检查身体的那个医生的女儿？她总是跟着她的医生父亲一起过来，是个非常腼腆的小姑娘。她金色的头发梳成辫子，眼睛的颜色介于灰色和绿色之间，难以辨别。你的恋爱经历，跟我的故事一模一样——我七岁时，在京都，爱上了邻居家的儿子。

他叫弗朗索瓦。他的父亲是位医生，尽管是法国人，却有个奇怪的德国姓氏。弗朗索瓦是个一本正经的小孩，甚至可以说不苟言笑。他从来不笑，面对未来，雄心勃勃。他确定自己将来会踏上和父亲一样的道路，会研究医学，解剖尸体，学会如何治疗病人。想到解剖尸体，我就觉得恶心。可是他会很认真地跟我解释，一具被锋利的手术刀划开的身体里面究竟是什么构造。

我们亲吻了一次，在灌木丛后面。我能肯定，他的医生父亲在窗边监视着我们。我好像看到了他长着浓密卷发的脑袋。他在监控我们。他没有因为那个吻责备弗朗索瓦，可他告诉儿子，现在恋爱为时过早。弗朗索瓦觉得很害臊，就回答说，他根本没有恋爱，他只是因为我玩捉迷藏玩得好，挺喜欢我罢了。我妈妈从他爸爸那里知道了这件事，告诉了我，我的心情糟透了。弗朗索瓦用最怯懦的方式背叛了我。过了好长时间，我都不再找他。可就在我消失之后，反而是他，几乎像着魔了一般，坚持来找我了。

最后，我原谅了他。我们第二次接吻了。“你吻我，是因为你爱上我了，还是因为我捉迷藏玩得好？”“我觉得，我深深地爱上你了。”他的回答出乎意料。我们又接吻了，第三个吻。后来，不知怎么，他生病了。不久之前，他年轻的母亲和另一个人走了，他的父亲就开始把他当成一个婴儿对待。他父亲把他抱在臂弯里，陪他上厕所，把他抱到床上，喂他吃东西。弗朗索瓦实在太煎熬了，他病倒了。儿子得了这让人无法理解的病，父亲看起来却很高兴，因为这给了他整天盯着儿子的机会。他带着儿子一起去医院，一起做那些可怕的尸体解剖实验。

我喜欢弗朗索瓦总是在沉思冥想的脑袋，我喜欢他那双严厉的深色眼睛，喜欢他灵活的身体，尽管他总是行动缓慢。我们常常一起爬一棵很粗壮的大树。那可能是一棵樱桃树。春天，日本的樱桃树上就升起一片片粉红的云霞。风一吹，粉色的花瓣就像星星一样，随风飞舞。如果他嫉妒心强的父亲没有封锁我们两家花园之间的通道，如果他父亲没有禁止他与我见面，我们就会有第四次接吻了。有几次，我看见他出现在窗边，面色苍白，披着一条花披肩，那应该是他妈妈的东西。我不知道，他是不是还在跟他父亲一起解剖尸体。我再也没有遇到他，我们再也没有亲吻了。

Page 105

# 15

—

说到这儿，我心想，阿失，一个像你一样的小男孩，什么时候会远离母亲，变成一只愤怒的小山羊，用头猛烈地顶撞和抗拒一切代表家庭传统的东西，找寻自己的道路？你从什么时候开始有自己的秘密，开始用饥渴的目光打量女孩，开始觉得你母亲是一个讨厌的过时的女性主义者呢？以前，你会热切地接受母亲的想法，从什么时候开始，你会用手指着我，责难我，拒绝和我接触，哪怕只是言语上的呢？又是从什么时候起，你和同龄人的友情开始发挥决定作用了呢？

“我的孩子啊，你的刺青什么时候做的？在哪里做的？”“我不知道。”他含糊其辞。“这个刺青，你再也洗不掉了，你知道吗？你为什么要在背上刺一个露着獠牙、双眼冒火的魔鬼呢？”他耸耸肩，不回答。我明白，他正处于一个棘手的阶段。你把自己关在厕所里好几个小时，看色情小报，然后把它藏在柜子最里面。可你忘了，收拾房间的人是我，我不可能发现不了那些照片，上面是一些正在做爱的肉体，动作笨拙，一些穿着衣服的男人扒光一个女人的衣服，抓着她的屁股，以此为乐。就是因为看了这些小报，你才开始觉得你母亲是个什么都不懂的讨厌鬼了吗？

“这些女生总是在那里鼻孔朝天，高高在上地看我们，他妈的，到底想干吗？她们以为自己是什么东西？”我听见你在电话里和一个朋友说。“阿失，你为什么这么说话？”“妈妈，你过时了，你是上世纪的人了。”你回答说，“现在的女孩自由得很，想做什么就做什么。你知道她们最想要什么吗？卖弄风骚，诱惑你，掀裙子，还发号施令。她让你以为，她会给你这个那个，可你刚一碰她，她就逃跑了。这些女孩真是阴险狡猾、骄傲自大。我就认识了一个这样的。说实话，要不是很多人都说她不好，我差点就要上钩了。她才十三岁左右，你真该看看她走路扭屁股的样子。妈妈，她那屁股真是绝了，每个男人都会回头看。她知道怎么扭它，好让它变成一个陀螺，一块磁铁。”

“我不喜欢你这样说一个女孩。”我温柔地责备了他，可他不以为然：“她涂了血红色的指甲油，化着烟熏妆，跟个吸血鬼似的，踩着十厘米的高跟鞋，穿着超短裙，短得几乎连内裤都能看见。你以为，那个女的想干吗？让你想得发疯，然后忍不住追求她。接着故事就开始了：‘不要，放开我，让我一个人待着，不要碰我！’‘那你干吗像个光屁股的猴子一样走路？’‘我想怎么样就怎么样，搞错的人是你！’妈妈，那个女孩，一旦被我抓住，我就打开她的双腿，然后像一把剑一样刺进去。”

“你是我的骨肉，你怎么会说出这番话？不过是一个爱出风头的女孩，你究竟为什么生气？你被撩拨，是因为她模仿了你们的语言，你不明白吗？她的行为方式，都是从像你一样的男性那里学来的，你不明白吗？她只是想玩玩，你为什么生气？是她的自由让你害怕吗？老色鬼萨堤尔[①]说的那些话，你是从哪里学来的？”他默不作答。“你明白我说的话了吗，阿失？在我看来，你是无可救药地爱上了那个女孩，可你不想承认。你很嫉妒，为了减轻这种孤独和被抛弃的感觉，你就鄙视她。你的那些朋友做着花花公子，自以为是。我知道，你也知道，在他们眼里，恋爱是软弱的表现。”

---

① 萨堤尔，希腊神话里半人半羊的神，主要以淫荡、贪婪、懒惰、狂欢饮酒而闻名。

我开始理解，为了摆脱我的影响，他在寻找其他的精神食粮，其他的大道理，连同那些暴力的、伤人的。他急于实现独立，变得心烦意躁，满嘴污言秽语。他想让我难受，虽然我明确知道他是爱我的。这一生中的拥抱，手牵手一起走过的路，我为他读过的睡前故事，一起做过的游戏，不是轻易就可以遗忘的。那些令你着迷与好奇的国外旅行，惊喜，游泳，我们躺在同一条沙滩巾上晒过的太阳，你还记得吗，我的小阿失？这是一个微妙的时刻，我知道，阿失，这是你要在家和世界之间做出选择的时刻。你的母亲曾与你聊过许多，可世界并没有按她说的方向走。

“妈妈，世界朝另一个方向走了。”“是的，我知道，男孩来到世界的窗口，世界立马抓住了他的眼球，提议他做个胜者。”“什么意思？”“我的意思是，你的肌肉变得强健，大脑也变得更加灵活，你即将变成一个无所畏惧、独立、高傲、自立、果断的战士，你很享受这种感觉。你的朋友们想要的不正是这个吗？你想尽快成为那样的男人，而不是原来那个亲切腼腆、恭敬待人的你。过去，你还会把母亲当作你的朋友，你的知己。现在，你想变得跟其他人一样，他们的幻想、理想和梦想，你也想拥有。这些梦不是你提出的，但你会发现，它们比我曾跟你提过的那些要更吸引人、更甜美。”

儿子的语气傲慢轻蔑，我很生气，心想，比起家庭里传承的道德教育，市场的影响真的更强大吗？“你父亲是一个温柔的男人。他从不会这样说一个女人，更别说对方只是一个有点爱出风头的小女孩。”“什么爱出风头啊，妈妈？你一点儿都不懂，那个女的，想把脚踩在她遇见的每一个男人的头上。她知道自己就像狼一样性感火辣，就等着你走进她的灌木丛，然后一口把你吞下。”“说实话，你真的很怕被她吃掉吗？”“那些像她一样的女孩子，只是想折磨你，然后看着你死去。”

“据我所知，童话里的狼是雄性的，是它们吃小女孩，而不是小女孩吃狼。”“可她会吃了我，甚至把我生吞活剥！”“唉，在我看来，那只是一个小女孩在虚张声势，努力克服自己的腼腆罢了。”“才不是呢，妈妈！她就像一把刀一样冷血，就像把刀，想割开我的喉咙。”“阿失，我不认识你了，你知道吗？你过去一直是一个亲切、温柔、关心人的孩子。而你现在浑身都散发着一股不属于你的戾气。”“等我哪天抓住她的手，扒光她的衣服，强上了她，叫我朋友把这些都录下来，再把视频传到网上，这样，她就知道教训了。”

“知道什么教训，阿失？当她的小脑袋想着，她所能掌控的唯一自由就是取悦男性时，她知道的还不够吗？这个猫捉老鼠的游戏，并不是她发明的。是处境教她像只会跳舞的兔子一样，扭扭捏捏地逃跑。”“妈妈，你别这么单纯：那些像她一样的女孩，只想发号施令，可我是不会任她摆布的。我会把她当成一坨屎踩在脚底，朝她吐口水。”“我跟你说过什么，阿失？你如果还继续这样说话，我就不认你这个儿子了。”“无所谓！”

我儿子的暴戾令我恐惧。他的戾气究竟从何而来？他在哪里孕育、滋养了这股暴戾之气？他小的时候，从不会这样傲慢愤恨，这样叛逆好斗。阿失，究竟是什么伤害了你，让你的复仇之心如此强烈？报复谁？报复什么？欺负一个比你弱的人，你不觉得卑鄙吗？你不知道她是弱者吗？你辱骂一个虚张声势的小女孩，可你看不出她比你更害怕吗？她的衣着打扮也只是为了在一个男性世界里让自己感觉更强大，因为这个世界根本不把她当作人来看待，只想把她当成一个可以随意践踏蹂躏的肉身。

阿失没有回答。他耸耸肩，把自己锁进了厕所。我知道他点燃了一支烟，因为烟味透过了门缝，刺激着我的鼻腔。燃烧的烟草散发的气味并不难闻。阿失，有很多次，你都听到我说希望实现大麻合法化。如果实现了，你就不会躲在厕所抽烟了，你也不会和那些肆无忌惮的毒贩子接触。你大把大把的钱都进了他们的口袋，就为了买一个本不值那么多钱的东西。可他还是默不作声。他沉迷于香烟的样子，仿佛他这只小狮子的未来就系在这一根烟上，一只打破了囚笼，以凯旋、饱食的姿态回到丛林的小狮子。

究竟是什么让儿子陷入了焦虑的困境？我哪里做错了？我做了什么，让他变成了这样？可是，回顾往昔，我从未伤害过他。我一直尊重他，疼爱他。我把他管得太紧了吗？不，我给了他许多空间，那是他的朋友们梦寐以求的自由。几年前，我们还一起做了很多事，如同莫逆之交。自从他父亲去了美国，和另一个女人结了婚，就只剩下他和我，无依无靠。我们比之前更加贫穷，可是我们愉悦地住在我父母留给我的小房子里。夏天去海边的朋友家做客，并肩坐在阳台的躺椅上看好几个小时的书，在狭小的厨房里一起吃饭，窗外还可以看见台伯河沿岸的蒺藜，这一切都让我们感到幸福。我喜欢下厨，喜欢做他爱吃的酥炸南瓜花。我把撒上迷迭香的土豆放进烤箱，不久之后，土豆表皮就会变得酥脆，浓香四溢："妈妈，你把土豆烤得很熟，但是不要烤得烂熟，只要熟就好了，把表皮烤得又香又脆。拜托啦。"

为了做你爱吃的贝壳酥的奶油夹心，我搅拌着牛奶、黄油和鸡蛋。我一边搅一边和你聊天。我们聊着流逝的时间，它看起来和钟表上的时间那么不同。"妈妈，你说时间不存在，是什么意思啊？""宇宙的空间以数十亿光年计量。如果你凝视一眼宇宙的时间，你就会明白，我们所拥有的关于'时间'的概念是智慧卓绝的人类创造出来的。我们信赖那个被称之为'时钟'的可悲物件，我们计算着分、时、年。可宇宙的时间抹去一切，它周而复始、无法计量、残酷无情，你明白我说的吗？我们不过是天地间的蜉蝣，须臾即逝。可能在蜉蝣的脑袋里也有一个小小的闹钟，把它们的生命划分成各个瞬间，于是，它们就以为自己活了很久。这是视角的问题。时间是我所认识的最神秘最可怕的东西，可你不用担心，你的人生才刚起步。”

告诉他这些话，很残忍，因为时间凝固了他的生命。我感觉他既像石头又像云彩，有点坚固，又有点飘忽。在我作为母亲的时光里，他在那里，像一只绝美的小蝴蝶，振翅而飞。“妈妈，这个奶油太好吃了，我能再吃一个贝壳酥吗？”“阿失，你已经吃了三个了，你会肚子疼的。”“就再吃一个，有什么关系嘛？这些贝壳酥这么小，我肯定不会肚子疼的，我向你保证。”我们笑了，笑你的贪吃，笑我做的加泰罗尼亚风味的奶油，笑我们幸福地吃着贝壳酥。

Page 117

# 16

—

我还是坚持想进入我儿子顽固的脑袋里，让他明白历史是如何塑造了这两种如此不同、永远对立的生物，仿佛他们是敌对双方，可实际上并不是。为了写一本关于圣嘉勒的书，我曾埋头研究中世纪，所以我跟儿子聊了天主教会。天主教会总是强调牺牲和痛苦的价值，将伟大的教皇们写下的话奉为圭臬，却遗忘了基督说的那些简单却具有变革性的话语。比如，圣托马斯·阿奎那[1]，我们一起读过的，你还记得吗，阿失？他认为女人比男人更卑贱低下，因为女性拥有人类的本性，你还记得，读到这里的我当时有多惊讶吗？我记得我跳过了这一段。你原本可能在睡觉，就像一只还没长毛的小羊一样蜷缩成团，这时却醒了过来，踢了我一下，我如圆顶一般的肚子震颤了起来。

对这些伟大的思想家来说，话语和思想是男性的所有物，你明白吗，阿失？所有人都坚信女性只靠本性。而原始的本性是不可靠的，是危险的。热爱思想、理性、智慧和文明的人，不该信任那些未开化的生物，而是应该避而远之。这些野蛮的生物就是女人，所有女人，无论她是贫穷还是富有，无论她是农民，是资产阶级分子，还是贵族。月经和妊娠将她们与原始本性相连。她们的

---

① 托马斯·阿奎纳（Tommaso d'Aquino，约 1225—1274 年），中世纪经院哲学的哲学家、神学家。天主教教会认为他是历史上最伟大的神学家，将其评为 35 位教会圣师之一。

身体里就住着恶，救赎的唯一方式就是控制、牺牲、守贞，阿门。

我又一次自问：性爱为何会引发天主教教皇们深深的恐惧？他们坚决地认为，在自然的所有创造物中，性爱是最有害、最危险的。“我们如何才能束缚这只野兽？”金口圣若望[①]在讨论对女人的性欲时写道：“我们该用什么困住她们？除了地狱，我想不出其他地方。”救赎的办法来了：把这些痴迷于恋爱、私通和怀孕的女人通通扔进烧红的大锅里。她们真是十足的败类，就该受惩处。就算有人犹豫地举起了手，问：如果我们这么严酷地惩罚男女性交的行为，那人类怎么繁衍下去呢？

教会的回答很明确，也很野蛮：“亲爱的朋友，我们不在意逻辑，我们只要至善至美。至善至美，就在于守

---

① 金口圣若望（Ioannes Chrysostom，347—407），正教会的君士坦丁堡大主教，重要的基督徒早期教父，因其出色的演讲与雄辩能力，被后世人誉为“金口”。

贞以及献身于上帝。”“你们教士这么做，可以理解。”有人反驳，“可普罗大众、世俗平民为什么要放弃这种极致的快感？而且，这份愉悦还会结出神奇的果实。果子逐渐成人，终有一天也会臣服在他的造物主面前。”“只有上帝才能创造，人类能保藏、看管，但不能创造。上帝他赐予爱，他创造，他不需要性交这样肮脏的东西。人们应该通过祈祷和禁欲来纯化和克服欲望。”

性为什么是肮脏的？为什么性会如此邪恶危险？当所有的宗教都颂扬性，将性看作神圣的生命之源时，天主教却要求保持肉体贞洁，也就是完全禁欲，彻底放弃肉体的快感。他们认为肉欲是物质的、淫秽的、腐化堕落的。这种对性的恐惧，你觉得正确吗，我的阿失？一个金发少女和一个想把全世界都呈现在画布上的棕发少年，如果他们没有相遇相爱，没有通过婚姻的纽带相连，就不会有你了，在婚姻里，性快感是必不可少的。难道不是性与认知以一种危险邪恶的方式结合在了一起吗？

“不为自身愉悦，只为上帝喜欢。”我们的曾祖母用红线在睡衣上绣了这句话。她躺下，紧闭双眼，屏住呼吸，顺从一个内心感到厌恶的人，一个把让妻子受孕当作义务的人。九个月之后，一个孩子会从她腹中诞下。这孩子将会冠上家族的姓氏，将会照顾年老的父母，继承家族的遗产，利用这些财产赚钱赢利，如同履行义务。如果丈夫实在忍受不了禁欲——女孩子，记住啊，男人就是男人——他就会付钱找年轻女孩找乐子。而她却在燃烧的壁炉旁边的房间里一边刺绣，一边祈祷，等着他归来。

我想，这种性恐惧是否成了一个难解之谜，是否成了一种毫无意义且难以言喻的东西，它活在我们的宗教里，因此也活在我们的文化中。我想，一个孑然一身、从未有女伴在身旁的基督的形象是否煽动了这种对性的仇视。一个做爱的基督，有人想过吗？阿失，如果我们身在中世纪，我就已经被判处酷刑了，因为我提出了这些异端问题。性，就连想一想，也是犯下了异端罪。你可以想象，这些献身于上帝的人心中堆积了多少被压抑的情欲。之后，他们或许会用愤怒、暴虐的行为，发泄这些情欲。

所有人都有肉欲，也该有可以发泄肉欲的方式。在宗教裁判所的酷刑中发泄吗？宗教法庭以上帝之名实行的这种制度化的暴虐行为，世上没有比这更残忍、更无意义的了。可是，就连忏悔室里进行的简单普通的问询里，也会有一些淫秽的时刻："他碰了你几次？当他触摸你的时候，你在想什么？注意，上帝看着你，连你睡觉时，手放在哪里，他都知道。你有过罪恶的念头吗？"

"你曾经梦见自己脱光衣服，在月下跳舞？你穿着衣服的时候，也感觉自己一丝不挂？你见过男人的阴茎吗？你摸过吗？你主动摸的吗？在哪里摸的？摸了多久？亲爱的孩子，你的灵魂被打入了地狱，我不知道你能否得到原谅。现在，忏悔吧，祈祷吧，回家去吧，再也不要为了任何理由出门。”在那木栅栏后面，传来了一声燥热的喘息。“上帝的创造物，你太脆弱了。记住，你的身体不属于你，它只是在人世走一遭，很快就会回到上帝身边。你想把什么带给上帝，一块沾满粪便的脏兮兮的破布吗？还是一只拥有洁白羽翼，将在纯净天空中自由翱翔的鸽子？”

“堕落的小人儿，祈求圣保罗吧。”可我真的应该把自己认作一个堕落的人吗？因为我还是个小女孩的时候，快入睡时，就会在床上偷偷地触摸自己。“小罪妇，记住圣保罗的话。女人应该盖住她们的脑袋，因为它们不是照着上帝的样子做的。‘男人不用盖住自己的脑袋，因为它们既是上帝的形象，也是上帝的骄傲。确实，并非男人源自女人，而是女人源自男人。男人不是为女人而造，女人却是为男人而造。因此，女人应该在头上做标记，表明她们是男人的附属，就像天使臣服于上帝一样。’”

阿夫，你从未读过这些话。男孩们从不需要记住这些话。女人不能教书，不能在法庭上做证，不能行使市民的权利，不能做法官，总之，无法享有任何权利：这就是圣保罗在《提摩太书》里写的话。佩斯卡塞罗利[①]教堂是一座美丽的诺曼式教堂，里面有着高高的精美的拱顶，还立着一座高大的圣保罗塑像。在这座塑像旁边，竖立着一个秃顶的圣彼得塑像，严肃而庄重。圣彼得嘴角挂着淡淡的安详的微笑，手持一个卷起的纸带。在他身侧，也就是中殿的另一边，长着大胡子的圣保罗，仿佛专注地看向未来，可他的目光在威吓，一双巨大的手随时准备好教训那些不听他话的人。

我们敬爱的圣保罗知不知道，他的这些主张违背了基督的话呢？基督对女性总是充满了敬意与关切。圣保罗知不知道，基督复活的时候，出现在了三个女人面前，他用温柔而坚定的声音对她们说：去告诉我的门徒，我

---

① 佩斯卡塞罗利（Pescasseroli）是意大利中部阿奎拉省的一个市镇。

复活了！圣保罗知道这件事吗？阿失，在那个禁止女性做证的时代，这是一件非常重大严肃的事情。可圣保罗一心想着创建他的天主教，让全世界都皈依天主教，不愿细想女性的命运。对他来说，女人特别像母鸡，在院子里四处扒拉，聒噪、无趣、愚蠢、好扯闲话。

甚至天主教历史上最与众不同、最勇敢无畏的圣人——圣奥古斯丁，也写下了一些蔑视女性的话。听听，阿失："女人和她的丈夫一起时，有着和上帝一样的形象……可当她被看作丈夫的帮手，是他的独有财产时，她就不再拥有上帝的形象；反之，男人，在不属于他的部分里，依旧是上帝的形象。"尽管圣奥古斯丁的母亲圣莫尼加就是一位有才智、有教养的独立女性。很明显，意识形态使他们在观察这个世界的时候失去了理智。这是所有信仰的危险之处：宗教狂热者一边说着"要相信"，一边强行施加抽象的规则，无视人、物、事实、矛盾和历史的变化。

我正在读雅斯米纳·卡黛哈的一本好书，书名叫《卡利尔》，由塞莱里奥出版社出版。阿失，你知道这本书的，因为我看见你饥渴地盯着这本书，目光在字里行间游走的速度比我更快。书中讲述了一群筹备恐怖袭击的圣战者。他们出生在法国，说法语，尽管如此，他们仍强烈地认为自己是阿拉伯人和穆斯林。他们是一群年轻人，笼统、空洞地思考着："基督徒敌人蔑视我们，排挤我们。法国人仇视外国人，把他们当狗一样对待。"他们想反抗这一切，于是他们以一个强硬残暴的上帝的名义，策划报复，组织一场恐怖袭击。可他们之中的一个人，在最后一刻，没有引爆腰间的炸药。在数十具尸体之中，这个年轻人活了下来，死去的还有他最爱的孪生姐妹。从那一刻开始，他的内心发生了变化，逐渐看清了一切。

在极端意识形态的典型的蔑视下，被抽象看待的群体蒙上了敌对的、下流的、粗俗的、渎神的阴影。如果想要对抗他们，除了施以暴行，别无他法。一旦从近处看，一切都改变了：被刀片划伤的脸、恐惧的双眼、活活被烧死的人体、呼救的声音，猝不及防地一一出现。如果在这些伤痕累累的身体之中，有你心爱的姐妹，你就会在一瞬间明白意识形态的可怖之处，无论是政治上的还是宗教上的意识形态，那是它们抹除人类，用死气沉沉的口号取而代之的时候。

Page 129

# 17

—

亲爱的阿失，曾经有数千年，女性都被置于蒙昧之中，只出现了寥寥数位杰出的女学者，在当时人们的眼里，她们就像畸形秀里的畸形人一样。她们的状况与奴隶相差无几：以才干和劳动换取食物和住宿。因为不能上学，女性在单纯和无知中成长。如此一来，就很容易让她们相信，她们应该适应上层强加的那些丧心病狂的规则。她们甚至没有感觉到自己的权利经常被践踏。上帝承认了女性的劣等。谁能反对上帝呢？女性被禁止参与社会生活和治理城市，但与此同时，人们又指责她们对政治一无所知。人们不允许她们走近哲学，可一转头就指责她们沉浸在流言蜚语的世界里，对思想和理性漠不关心。

我的脑海中涌现了一位诗人的话语。她是17世纪末的一位伟大的墨西哥女诗人——索尔·胡安娜·伊内斯·德·拉·克鲁兹[①]。我们一起在拉马达莱纳[②]的地下小剧院里编排了我写的剧本，当时你和我在一起，你记得吗？当时，我只有两个女演员可以用，却要让观众产生置身于修道院的感觉，你记得吗？这个障眼法或许是你给我的灵感：我立起一面纸墙，后面放上一盏灯，一个女演员从灯前走过，人影投在纸墙上，一次，两次，十次。她有条不紊地快速进行着，观众就真的以为眼前

① 索尔·胡安娜·伊内斯·德·拉·克鲁兹（Suor Juana Inés de la Cruz，1648—1695），是17世纪下半叶美洲殖民地文坛上的重要作家，被誉为“第十个缪斯”。

② 位于距离撒丁岛东北角2公里的拉马达莱纳岛。

有许多修女——她们一个紧接着一个，走向教堂。

愚蠢的男人，
你们无端指责女人，
却不知她们被指摘的缺点，
恰恰是由你们造成的。

既然以无限的渴望
向她倍献殷勤，
那为何诱她作恶，
又希望她安分守己？

在贝尔西亚纳路的小剧院里，普鲁登蒂亚·莫莱洛唱着咏叹调，保拉·波佐利为她唱和声。普鲁登蒂亚是阿根廷人，住在台伯河西岸。她个头娇小，一双黑色的大眼睛熠熠生辉。

愚蠢的男人，

你们无端指责女人。

却不知她们被指摘的缺点，

恰恰是由你们造成的。

那为何诱她作恶，

又希望她安分守己？

她们抗拒，你们反对，

她们殷勤，你们又道貌岸然地

说她放荡轻佻。

你们怪异的想法

好像一个小孩，

大胆呼唤妖怪之后，

又仓皇逃跑。

那些让镜子蒙了尘
却抱怨它黯淡无光的人
是什么样的人，
又在想什么呢？

无论赢得芳心，还是遭到鄙弃，
你们的性情始终如一。
她们待你们不好，
你们就满腹牢骚，
她们热情大方，
你们就讥讽嘲笑。

你们鄙视每一个女人，
因为她如果把你们拒之门外，

你们就说她不知好歹，
如果大门敞开，就是淫乱放荡。

她渴求你们的爱，
可假若无情会使你们气愤，
多情又使你们反感，
她究竟该怎么做？

既然你们享受焦虑与苦恼，
那么一个丝毫不爱你们的女人最适合，
你们若想抱怨，尽管抱怨去吧！

说回意大利，我给你讲过玛利亚·加埃塔纳·阿涅西[①]

① 玛利亚·加埃塔纳·阿涅西（Maria Gaetana Agnesi，1718—1799），意大利数学家、慈善家、哲学家。她因撰写了第一本完整地讨论了积分与微分的教科书而广受赞誉。

的故事，你还记得吗？她是一个聪慧过人的少女，生活在18世纪，会说九种语言，其数学天赋令同时代的名人大家也为之震惊。作为一个知识渊博的学者，她声名远播。既不招收女教师也不招收女学生的博洛尼亚大学破例招聘她为教师。她开始教书，可一年之后，她就辞职了。她说的恰恰就是，感觉自己好像"畸形秀上的畸形人"，置身于众多男性之中的唯一一个女性，所有人都去触碰她，想知道她是不是真人。她为贫农的孩子们开办了一所学校，紧随其后，又办了一家医院，跟病人们住在一起，当护士服务病人。多么好的一个人，却无人记得她。这些勇敢的女性可以作为当今女孩们的榜样，历史却倾向于遗忘她们。

在丽塔·莱维·蒙塔尔奇尼[①]身上，我们或许可以找

---

① 丽塔·莱维·蒙塔尔奇尼（Rita Levi Montalcini，1909—2012），意大利著名神经生物学家。

到她和加埃塔纳的一些共同之处。虽然生活在20世纪，一个民权和女性解放运动收获巨大成果的时代，丽塔·莱维·蒙塔尔奇尼同样经历了一个坎坷的人生。我记得我采访过她，她笑容满面，谈吐风趣。她还跟我说，尽管她曾想过组建家庭，但最终还是放弃了，因为她的研究工作实在太繁重了，她没有时间思考其他事情。“我也很想要孩子，可我如何能照顾好他们呢？”她笑着说了这句话，没有遗憾，继续她小小的冒险之旅，就比如在一场盛大的晚宴上，她突然发现口袋里有几只小老鼠，不知道该把它们放在哪里：那是她做实验用的小白鼠，因为不忍心杀死它们，就成了她的宠物。她在1986年获得了诺贝尔奖。

Page 137

# 18

—

我的阿失，意识形态有时是残酷无情的。你听着我的话，是不是像被大麻的烟雾环绕，头晕目眩，仿佛这一切都离你十分遥远且毫无干系？可我还是要说，因为我知道你记性很好，在未来，或许十几年之后，你会再度想起母亲的这些话。尽管青春期的你傲慢自负，曾把这个母亲独自丢下。我相信你的聪慧，或许，你会爱上历史，会发现它一直都是由胜者书写。你还会看见一个与之相对的历史，那是败者所经历和遭受的，然而，在讲述人类发展的著作中，常常没有它的位置。人们只能在壮丽动人的讲述失败的故事中想象它。

认为自己活在真实中并且这种真实反映了世界命运的人，不会有反思、困惑和个人看法。一切都已被确定，凿刻在了石头上。我想到一个超群绝伦的人物——希帕蒂娅[1]：我跟你讲过她的故事，你记得吗？她聪慧过人，修养极高，是亚历山大图书馆的看守人，数学、哲学和天文学教师，在科学研究上有许多重大发现。公元415年，她被一伙狂热的基督徒残忍地杀害，就因为她崇尚科学和思想自由。

一个女人阅读、学习、探索、写作，建立对这个世界的认知，最后，难道不会惹怒神父们的神父——严厉的天主吗？宗教狂热者至今仍抱有这个想法，他们毫不

① 希帕蒂娅（Hypatia，约370—415年），出生在埃及亚历山大里亚城，古埃及著名数学家、天文学家、哲学家。

犹豫地堵上女人的嘴，阻止女性用个人思想污染空气。阿失，实现性自由和对自己身体的控制才是通向知识的道路。

在古希腊，只有斯多葛派和犬儒学派认为，女性也该有参与教学的机会，男女市民应当权利平等。据说，斯巴达女性享受着其他希腊城邦女性所没有的权利。这话可能不全对，但她们确实能参与露天运动、公共游行，某种世俗精神给了她们迈出家门、走出牢笼的机会。

阿失，为了让你铭记于心，我再说一次：独立的思想，让世上所有狂热者和心胸狭隘之人心生畏惧。如今的ISIS严禁女孩受教育，并非偶然。他们甚至射击了一个女学生的头部，就为了向世人展示，一个思考的大脑会有什么样的下场，而且，如果那是个女孩，惩罚会更加残酷。所幸子弹穿过颅骨，没有伤及马拉拉·尤萨夫扎伊智慧的大脑。塔利班分子自然没料到，这个勇敢的巴基斯坦少女会幸存下来，成为女童受教育权的捍卫者。

正值青春期、活泼开朗的你，有些蛮横无知地追问："可那些被严禁学习的女孩子为什么不反抗呢？"你不知道，当整个社会被单一宗教和独裁者所迷惑、吸引时，对抗权力就变成了一件不可能的事。在遥远的、思想偏狭的13世纪初，亚西西的嘉勒[①]被当成异端，如果不是因为她受民众爱戴，教会就要判处她火刑，或是把她和女疯子关在一起。当时的人们认为，那些女疯子不仅会伤害自己，也会伤害别人。

"事实上，女人是脆弱的物种，不值得信任，智力低下。"埃皮法尼奥·迪·萨拉米纳[②]如此写道。他是东正教最早的一批主教之一，以打击异端而闻名。他对女人的看法尤其严厉，就好像有人不信教，是她们造成的过

---

① 亚西西的嘉勒（Chiara d'Assisi，1194—1253），意大利圣徒。

② 埃皮法尼奥·迪·萨拉米纳（Epifanio di Salamina，约315—403年），一位古希腊主教和作家，被天主教和东正教教会尊为圣人。

错。可在那些年，人们并不觉得他的想法偏离正轨或者有些反常。人们相信，上帝赞许这种观点。而上帝正准备征服整个世界，必要时，甚至会使用暴力把他的信仰强加给世人。

可我想让你再听听，圣托马斯·阿奎那重拾亚里士多德说的那些话："正如大哲学家亚里士多德在《动物志》卷九中所说，男胎四十天成人形，女胎则需要八十天……因为一颗烂种子或者潮湿的风，女人才得以诞生。"你不觉得这些话傲慢又专横吗？一个女孩，还在她母亲腹中的时候，就已经因为自然规律，命中注定低人一等了。你觉得这对吗？

"几乎所有教皇都认同一个建立在承认女性在智力和精神上更加低级并且需要控制她们身体的教育体制。这无关ISIS恐怖分子，也无关一个有少数信徒追随的宗教狂热派，而是公共道德的缔造者造成的。教育家、教师、家庭里的好父母都以这些公共道德的建立者为标杆，尽管有时候他们意识到那些声明存在严重的不公正。”几年前，你母亲为了讲述亚西西的嘉勒的故事，研究了中世纪的思想，写下了这番话。

你畅游在柔软可口的羊水中。它滋养你，保护你，轻轻摇着你，让你在极乐中成长。假如你有说话的才能，我已经知道你会回答什么了。你会说：“妈妈，时代变了，事物也改变了。”我知道，我的宝贝，可根就是根，它们深深地扎进土里。我们并非从一片赤裸的土地里生长出来，不是一无所知的无辜者。我们是历史的子孙，既传承了善，也延续了恶。公元前100年，西塞罗在《论雄辩家》中说：“如果一个人不知道他出生前发生过什么事情，这样的人永远是个无知的孩童。”想一想，阿失，这说的不正是你的情况吗？

阿失，我希望你能够明白，长久以来，包罗万象的哲学都在为父权制辩护。而父权制下那些不容置疑的规则与框架，至今仍约束着我们，无论男人或女人。还有你，阿失，我要实话告诉你，当你与你的母亲决裂，把她看成一个官能，而不再是一个人的时候，当你迫切渴望被你的那些朋友接纳时，你也吸收了父权制的思想。

披上“父权制”这件外衣的你，很自在，趾高气扬。你开始用那种傲慢讥讽的目光打量我，我背上不由得阵阵发麻。我希望你能够明白，你这些优越的姿态是从哪里来的。尽管你是个男人，可我希望你能够努力站在女人的角度思考问题。这件事太难了吗？可我相信你的聪慧，你的想象力，请你深入思考，放飞想象，你的内心将会变得更丰富、更人性。你愿意吗？

Page 145

# 19

—

亲爱的阿失，你就像最清晰、最空灵的梦，离我既亲近又遥远。想象一下，你来到公元前300年，那时，希腊是世界上最先进、最有创造力的地方。希腊人民富于想象力，他们的看法观点至今仍影响着我们。他们创造神话，讲述鼓舞人心的寓言故事，还带来了精妙绝伦的发明，展现了人类的智慧。他正逐渐对历史产生兴趣。我曾经偷偷看见他打开了一本地理书，之前，他从未看过那本书一眼。

我说的是西方世界，我的孩子。想象一下亚里士多德的模样，你会在一些画和电影里看见他。他是一个矮小的男人，有着鬈曲的大胡子和弯曲的双腿。他的样貌并不英俊，可他的双眼闪耀着光芒。只要他一开口，雅典人民就会被他的声音吸引，认真倾听。他的声音如同音乐，当他说话时，所有人都会保持安静。但是，这个伟大的演说家、科学家、作家、哲学家、人类思想的专家、卓越的数学家，一个盛放着五彩缤纷、芳香四溢的花朵的头脑，就是这位亚里士多德，你听听他说的话："女性是发育不全的男性。"

你再听听他如何解释这种"发育不全"："女性是发育不全的男性，因为她们本身没有足够的生命热，所以经血无法被加热提纯，变不成精液。因此，她们为胚胎贡献的仅仅只有质料而已。"这太荒唐、太伤人了，你不觉得吗？在亚里士多德看来，女性更劣等，因为她们没有足够的生命热，无法创造出可以生成婴孩的种子。因此，孩子偶然来到她们腹中，只是为了在那里变胖长大。那火花，那神圣的火花将会点亮智慧、意识和语言，那火花就在男人的种子里。

这和埃斯库罗斯的那番话太像了，他曾参加过厄琉息斯秘仪，我给你讲过，你记得吗？可你再接着听听伟大的亚里士多德的话，因为话还没完："只有男性是发育完全的人。男性天生高贵，女性天生低贱，男人统治，女人被统治。"你觉得，这是一个理性的人做出的结论吗？当亚里士多德谈论星体，谈论社会，谈论人与神、人与艺术的关系时，他的分析总是透彻敏锐、富有智慧。然而，一旦谈到女人，他就失去了理性，完全被偏见蒙蔽了双眼。可谁敢质疑这样一位大思想家的话呢？

或许，唯一一个慎重思考了女性问题的哲学家，是古希腊哲学之王——梦想家柏拉图，至少在他构思和描述一个美妙的未来世界时，他是这样做的。在柏拉图的理想国里，也生活着女人，她们拥有和男人同样的权利。

尽管如此，柏拉图也认为女人是不完美的生物。权利相同，只是出于公正。作为市民，男女权利平等，可当涉及两者本质的时候，又是另一番景象了：“只有男性是由神直接创造并赋予灵魂。为人正直的男人，将会回到天上。而卑鄙邪恶的男人，我们可以推想，他们在来世变成了女人。”总而言之，在柏拉图看来，一个作恶多端的男人所受到的最严厉的惩罚，就是变成女人。

我很欣赏伊壁鸠鲁对这个世界的看法——朴素、讽刺、忍耐，他认为每个人都是这世上的过客，都该有同样的尊严。他慷慨地给予女市民平等的权利，可紧接着又说，只有在他的哲学派别里，这种情况才可能发生。他们这一流派秉持伟大的民主精神，不仅接纳女人，也接纳奴隶和外邦人。可他们只是一小群特权者，受到了伊壁鸠鲁智慧与慈悲的感染。出了这个慈悲的世界，女人又变回一无是处。

不要放开我的手，阿失。我正带你走进思辨的云雾中。我知道你喜欢思索，就像你母亲一样。当你一直追问我各种问题的时候，我们不是一起思考了很多次吗？“妈妈，为什么天是蓝的？为什么鸟儿会飞？为什么人是从猴子进化而来的？为什么爸爸会扔下妈妈离开呢？”有时，我也不知道怎么回答。可我们会一起努力探索事物的根源。我对你说：“我们找找达尔文的书，看看他说的生物进化是怎么回事。”或者，“我们去拿斯图尔特·密尔的书吧，听听关于婚姻，他说了些什么？”又或者，“我们看看安娜·玛利亚·莫佐尼[①]的书吧。她曾经研究了一些建立在父权之上的传统家庭里存在的痛苦矛盾。”

“在种族主义理论盛行的数个世纪里，女性的历史意识究竟是如何产生的？女性的受虐倾向，可以被看作一种为求生而做的自我防卫吗？如果女性面对强暴欺压，

① 安娜·玛利亚·莫佐尼（Anna Maria Mozzoni，1837—1920），意大利妇女运动的创始人。

束手无策，那么应对的唯一办法，或许就是调整自己，竭力适应，宣称自己喜欢那种暴行，把它当成一样迷人的事物，把这种倒错与反常暗藏在心底，不是吗？”这些话引自你母亲在1993年写的一本书。那本书不厚，没有多少人读过，书名叫《船上的偷渡者》。“随着认为自己劣等的自卑感深入内心，女性往往成为自身以及其他女性最残暴的敌人。爱上男人的她们，有时会以性爱为武器，诱惑他，使之沦为奴隶，就像莎乐美一样。关键是，除了这种不正当的手段，她们无计可施。”

我想到了阿塔米希亚·真蒂莱斯基①的几幅巨型画，画中女人有着强壮的胳膊，手持匕首，残酷地砍下敌人的头颅。这幅画诠释的是《圣经》中朱迪斯和荷罗孚尼的故事。在你看来，那些血腥残暴的画面背后，隐藏着

① 阿塔米希亚·真蒂莱斯基（Artemisia Gentileschi，1593—1653），巴洛克时期重要的意大利画家，同时也是西方世界第一个为社会所接受的女性艺术家。

什么？阿塔米希亚是著名画家奥拉齐奥·真蒂莱斯的女儿，安娜·班蒂[①]详细讲述了她的故事。我认识安娜·班蒂，她举止优雅，学识渊博，自信大方。有一次，我把我的一本小说带给她看，你猜她说什么？“写得不错，但这个女孩子的阅历还不够。”我想，现在，我的阅历足够多了吗？

那时，我还没怀上你。我带着我写的小说在罗马四处奔走，却没有受到多少文人的赏识。只有阿尔贝托·莫拉维亚[②]，尽管皱了皱眉，还是对我的作品给予了重视。他是我认识的人里思想最自由、个性最愉悦的人。他是真的喜欢我的作品。在读完我的第一本小说后，他对我说：“看得出你有天分。将来，你会把它发挥得越来越好。”我知

---

① 安娜·班蒂（Anna Banti，1895—1985），意大利作家，艺术史学家，评论家和翻译家。

② 阿尔贝托·莫拉维亚（Alberto Moravia，1907—1990），20 世纪意大利著名小说家。

道他说的是真心话。我很感激他，因为他给了我信心和坚持下去的力量。

说回阿塔米希亚：我希望你的思绪能在她身上停留片刻，把她看成一个聪明睿智、自尊心强的女孩，活在一个17世纪的女人的身体里。阿失，过去，一个画画的女人，在世人眼里是庸俗傲慢的。弄得身上满是颜料，挽起袖口，抓起画笔，落在浸润了各种颜色的画布上，不是狂妄自大吗？对一个本该生儿育女、操持家务的女人来说，这难道是一件光彩的事？

阿戈斯蒂诺也是这么想的。他是欧洲闻名的伟大画家奥拉齐奥的学生，和那个朝气蓬勃的美丽少女一起工作。当这个年轻人想要占有身旁这个女孩时，他趁老师不在，“用自己的方式得到她”，就像一个主人，清楚自己作为男性的权利，不在乎女孩是否同意他的行为。阿塔米希亚信任他，从未料想到他会如此粗暴地对待自己。无论阿塔米希亚如何愤怒地踢蹬、叫喊，他还是实施了强暴。

阿戈斯蒂诺坚持自己是无辜的：母亲早逝，父亲又时常不在身边，这样一个无人保护的女孩，一个男人难道无权占有她的身体吗？孤身一人的女孩，无人监管，没有依附，像男子一样行事，独自出门上街，理所当然地握笔作画，等着她的能是什么呢？一棵如此大胆的“茴芹”，投身于一项男性工作，被看成一个人们可以对她为所欲为的妓女，不是很正常吗？

阿戈斯蒂诺很清楚，同时代的大多数人跟他想的一样。在他内心深处，他可能还觉得，那个被他称之为“茴芹”的女人，就该为她的恬不知耻付出代价。再说，他也早就知道，就算阿塔米希亚敢控告他，法官也会站在他这边。唯一的麻烦就是会有小部分人提出异议，可他很清楚该怎么为自己辩护，他会控告这女孩是个堕落、傲慢、自大，甚至淫荡的人。谁能证明他在说谎呢？阿塔米希亚的话一文不值。

可阿塔米希亚没有让步。你明白吗，阿失？在那个时代，如果一个女性展露才华，心怀壮志，就是受了恶魔的挑唆，犯下了弥天大罪，必须打击和压制她。你想想，那个女孩冒了多大的危险啊。阿塔米希亚不在乎人们说什么，她想要公正，所以决定公开控告强奸她的人，就算这个强奸犯是她父亲的学生，就算他曾和自己在自家画室里并肩工作，就算她很清楚法官们会对一个维权的女人、一个控告强奸犯的少女冷眼相待。很多女人也遭遇过侵犯，可她们却选择了缄默，将秘密封存在家庭内部，防止丑事外扬。

尽管与父亲意见相左，阿塔米希亚还是控告了强奸犯，因此经历了一系列荒唐卑劣的程序，饱受耻笑。她要从有谎语癖的人面前经过。在法庭内，当着所有人的面，在一扇小屏风后面接受两位有名望的医生为她做检查，以证明她被强奸的时候不是处女。总之，最后，她成了有罪的一方。

阿塔米希亚在那些愤怒的画里，想宣泄报复的就是这件事吗？你和我一起看过那些画，我的阿失，因为我去过她的一场大型画展，透过我的双眼，你也接收了那些画面。看着那些农妇壮硕的手臂，愤激地握着一把巨大的匕首，看着荷罗孚尼可怜的头颅被刀割下，从一边滚落，还挂着一些残碎的皮肤，看着血染了愤怒的朱迪斯的双手和衣裳，你有些不安。

是不是太夸张了？你的呼吸在询问我。我要向你坦白，我向来拒绝一切形式的暴力，面对这些画面，同样心绪纷乱。可我知道，那幅画展现的是《圣经》里的一个故事。我给你讲了阿塔米希亚的故事，好让你理解这场"谋杀"中流露出的狂热。这不是一场了结私怨的复仇，而是一个英雄的壮举——一位勇敢的少女从敌人手中解放了人民。这是一个惊心动魄的故事，发生在尼布甲尼撒二世在位时期。尼布甲尼撒二世是亚述人的王，明白吗？亚述人荷罗孚尼包围了伯修利亚这座小城。朱迪斯假意想要和荷罗孚尼效鱼水之欢，待他意乱情迷之时，割下了他的头颅，解救了她的人民。

这在现代人看来，很难接受，但这是公元前 7 世纪发生的故事，阿失，我的孩子，那时，获得公正的唯一途径还是复仇。甚至连《圣经》，不久之后也重申了这个概念——热爱正义的人，要自己争取正义，“以牙还牙，以眼还眼”，上帝本身也是这样做的。犹太人的上帝亲切和蔼，热爱一切，也宽恕一切，可当他惩恶时，也会施加最残酷的报复。你记得索多玛吗？一座盛行同性性行为的城市。大发雷霆的上帝将这座城市夷为平地，连同所有居民，有罪的和无辜的。想想有多少孩子不明所以地死去。现在，或许你能明白，遭受了侮辱和不公的阿塔米希亚，没有其他办法宣泄她的愤慨和仇恨。

Page 157

# 20

—

阿失，你在慢慢长大，我感觉你正逐渐从我的视线中消失。我越来越跟不上你。可我担忧的目光从未离开过你。你逃开了。我不想让你觉得，我总是追在你身后。我想让你自由，虽然我的目光一直追随着你，远远地，小心翼翼地，我害怕我的目光让你不适。在你十四岁到十八岁这个阶段，我觉得我这个母亲当得很辛苦，我时刻留意你的转变，而你从外界吸取的思想和你暴戾的行为，令我惊恐。

我不想当个暴君。我安静地在你身边，从不逼迫你，从不斥责你。我希望你能够自己想明白你吸收了一些有害的思想——充斥着妒忌、怨恨、愤怒和暴力。我以为这是青春期到了的缘故。我想，一旦过了青春期，一切都会好转的。可事实并非是如此。情况在恶化，甚至发展到我从未预料到、也从未想象过的地步。你那颗小小的男人的心脏正日渐强壮。我作为一个深谙自身权利的女人，曾教给你的东西，你全都抵触。

这是一个身份问题吧，阿失？你加入了一个紧密团结的小团体，对你来说，你的男性身份比我们的情谊、友情和爱更重要，是吗？我知道你正在打一场痛苦的战役：一边是你的骨肉至亲——养育你、爱过你且还爱着你的母亲，另一边是你的男性世界——那是由数代人一起合力构筑的世界，里面有对足球的狂热，对女性的蔑视，大男孩的活动。这些少年的活动是男生们为了从一个年龄阶段进入下一个，必须经历的考验和挑战，就像过渡仪式一样。当然，在内心深处，你还是有些反感你朋友们的狂妄自大。当然，你也知道，他们的很多行为是错误且暴虐的。可你想被他们接纳。你想成为他们中的一分子，为此，你要推开我，试着独自成长，将我的关心挂念和我对未来的初步设想弃之如敝屣。

你小小的男性朋友圈，不只把我和我的爱从你身边驱逐，还在夺去你的智慧、你的善良、你的正义感。在你小时候，我就跟你强调过正义，那时的你对别人的痛苦感同身受。我还常常跟你聊想象力。在我看来，想象力是我们身体最强大的发动机。我对你说，如果没有想象力，我们虽生犹死。是想象力让我们感知他人的痛楚。是想象力让我们在时空中遨游。是想象力让我们看见不公，奋起抗争。当你还小的时候，你很像我。我以为我们心心相印。我坚信我们都拥有热烈而蓬勃的想象力。

我相信着，满心欢喜：我的孩子，在我的腹中诞生成长，也将会从我身上学会些什么，承袭我的信念、我的原则。我是如此坚信。我错了。无意识地，我曾经试图让你变得和我一样，多年来，你都接受了，或许是为了让我开心，或许是懒得思考，或许是出于子女对父母的爱，或许是一种自居作用。可一旦你有了能力，你就远离我、责怪我，理由却是我和你不同，我想要教会你团结和理解。我错了。错的总是母亲，是这样吗，阿失？

当你发觉我们之间的联系，阻碍你进入同龄人的世界时，你蹬着脚，停下了，决心不再前进。你感觉自己被困在了一间思想和信念的牢笼里，并且这些思想和信念不是你自己逐渐养成，而是你从血脉中继承的，因此，为了和你的朋友们联合在一起，你开始远离我。他们之中有几个我认识：阿曼多，他叫这个名字是为了纪念阿曼多·马拉多纳[①]。他是一个瘦瘦的男孩，满脸痘痘，弱

---

① 迭戈·阿曼多·马拉多纳（Diego Armando Maradona），已退役的阿根廷足球运动员和教练，是世界足球史上传奇球星之一。

不禁风，大大的脑袋上浓密的头发，一双眼睛明亮而无辜。马尔科，你叫他“疯子”。他是头头，没有投票没有选举，大家自然而然地公认他为团队的头头。也许是因为他胆子最大，肆无忌惮地惹事，让小孩子们惊叹不已，心生崇拜。

是他，每天早晨出现，向你们提议新的冒险：“我们去布鲁诺路吧，掀翻所有摊贩的果蔬框子！我们去圣莫妮卡路，把那儿的垃圾桶一把烧掉！我们朝那个黑人吐口水！我们把一只猫吊死在电线杆上，看看会怎么样！”据我所知，在团体内部，小马尔科的领导方式引发了不满。马尔科有着长长的罗圈腿，手臂上长满汗毛，眼神飘忽，难以捉摸。是他教会你们从制造痛苦中获取愉悦感。每当看见受害者眼中的惊恐，他会兴奋不已。当垂死的猫发出嘶哑的喘气，他享受地听着。当他用鞋踩扁青蛙，而青蛙转动眼珠，咕噜咕噜地吐唾液时，他看着，得意扬扬。

是他制定计划、寻找下手的对象、下令行动。他很擅长看人的性格，立马就能看出谁是软弱的人，可以肆意欺凌，没有后顾之忧。邪恶的想法伴着他醒来，他脸也不洗地跑出家门，向团队讲述他构思了一夜的计划。

好几次，他把你们带进朋友家，那个不幸被他拿到家门钥匙的朋友家里。“你是怎么拿到钥匙的？”“嘘——不要说话，照我说的做！”“马尔科，你以为你是谁啊？”“我谁都不是，就是比你们多点脑子。你们在呼呼大睡的时候，我在创造。”听到这些话，没有人反驳。连强壮的西蒙也没有说话。他的个头比马尔科高出一半，也比马尔科更有力气，可他从不敢对抗马尔科，因为他就像个独眼巨人，而马尔科是身形矮小的狡猾的奥德修斯。奥德修斯躲在绵羊的肚子下面，逃出了洞穴，为了不被巨人发现，他还用一根烧红的巨大木桩戳瞎了巨人的眼睛。

阿尔贝托最温柔体贴，他长相阴柔，眼神清澈忧郁。当团队行动时，他也唯命是听，会冷酷地把眼前的一切都破坏摧毁。面对马尔科的强硬，连他也低下了头。如果他们决定要杀一个人，马尔科会是第一个站出来的人，不带丝毫犹豫。为此，马尔科正在用猫和狗练手。他口袋里放着一把总是一尘不染的锋利匕首，既拿来给橙子削皮，也用来杀死路过的一只可怜蜥蜴，只一刀就了结。

五六个孩子，时刻准备着。当然，是准备好捣乱。他们去抢劫，不是因为受了某人的欺侮。他们霸凌的对象也从不局限于一人，不需要什么合理的原因，而是任意欺凌，从不针对某个特定的人。他们没有意识形态。不像政党“庞德之家”一样歌颂法西斯，也不像有时和他们发生冲突的其他团伙。他们一点儿也不在乎什么思想。此外，他们还无视历史，不知羞耻。他们既不支持也不反对种族主义，只是因为他们根本不思考过去。他们唾弃历史，对他们而言，集体意识是滑稽可笑的东西，为愚蠢的成人而设的。在他们看来，真正的生活是一个归属问题。如果你属于一个团体，你就存在，否则就如同死人。

成为一个团体的一分子，比从属于一个国家、一个政党、一个宗教团体更重要。一切都无关紧要。那些没有进入团体的人，是可以敲诈剥削的敌人。阿失被马尔科吸引住了，像只小狗一样跟着他。当他提出那些危险的挑战时，阿失都不敢反驳："当你听见火车开过来的时候，你就站到铁轨上。列车长一定会看见你，他肯定会紧张得抓起头发。为了不撞上你，他们会停下火车，然后发现你已经消失了，我想看看他们的表情会怎样。"他笑着说，微微露出一排打碎的被烟熏黄了的牙齿。

有时，小团体里还会有一个不知从哪里弄来的女孩。可她不会待很久。为了测试她的忠诚，他们逼她去做那些最困难的事。然后自以为有权利跟她做爱。第一个，当然是头头。马尔科想什么时候睡她就能睡她，可如果其他人睡了那个女孩，当然总是在他之后，他也不会生气。为了被这个团体接纳，女孩咬紧牙关，接受一切强暴。

女孩们从来不是主动离开的，而是团队厌烦了她。“你就是个土豆，你笨手笨脚，没法跑得跟我们一样快，也不会躲，也不会厚着脸皮撒谎，你知道吗？你最好还是滚蛋回家。”就是这样。她抗议，说起她以前参与过的活动：她不是曾经从一个猫洞里钻进一户陌生人的家，然后给外面的人开门，让全部的人都进来了吗？她不是曾经和养狗场的保安搭讪聊天，好让他们把狗都放到大街上吗？她不是和一个教授做了爱，让他在马尔科的成绩单上打了八分吗？

“喂，小姑娘，你他妈太烦人了。如果我跟你说‘滚’，你就滚。”于是，她垂头丧气地离开了。所有人都知道她不会把自己的遭遇告诉任何人。因为她是共犯，头头已经跟她说得很明白了：“如果你说出去，最先被扔进牢房的人会是你，不是我们。因为你才是坏人，是你放我们进了那个大名鼎鼎的律师的家里，是你自愿跟我们睡觉，不要求任何回报。你连个婊子都不如！总之，如果你说出去了，我就割了你的喉咙。”于是，女孩们都缄口不言，像鱼一样沉默。男孩们也只字不提。父母也就一无所知。他们就像鼹鼠一样瞎，只要孩子回家吃中饭晚饭，其他的都不在乎，也不关心他们去了哪里做了什么。父母相信那些天使般的面孔，却不知道，或者不愿知道，孩子愤怒而好报复的幼小心灵里隐藏了什么。

这些孩子变得如此擅长撒谎和演戏，真是一群出色的演员，有着双重生活、双重行为、双重举止、双重道德。在家温顺亲切，一旦外出，到了团体中，就爆发。一旦离开团体，他们就什么都不是了。可是，因为他们还无法自力更生，由于是未成年人，也没法一齐买下一间房子，他们不得不玩着双重游戏：在家做安静听话的好孩子，在外残忍冷酷。而你，就在那里，和他们一起。你说你去上学，我后来才明白你究竟是去做什么。我明白得太晚了。

Page 167

# 21

—

有一天，你的老师把我叫去："为什么您的儿子一直都不在学校呢？六天，只有一个早上出勤，实在太少了。他不来学校的时候，都在做什么呢？""我真的不知道，我以为他在教室里，在你们这边呢。"老师给我看了一本册子，册上记录了阿失的缺勤状况。"周一不在，周二不在，周三不在，周四不在，周五不在。您不觉得太过分了吗？您还对此一无所知？""不知道，一点儿也不知道。"我从云端坠下，心脏剧烈跳动，双眼灼痛。

“妈妈们都是这样。”她无奈地说，“就算住在同一个屋檐下，也不知道她们的孩子身上发生了什么。”她偷偷看着我，恶意揣测后又补充说：“也可能是她们根本就不想知道。”我心中顿时涌起了一股负罪感。我是真的不想看见，也不想知道吗？我真的有故意视而不见吗？可是为什么？为了和平吗？因为懦弱吗？为了不干涉我的孩子，避免和他起争执吗？害怕他讨厌我吗？女人总是轻易就陷入负罪感的漩涡中。这些话，我们听了太多次：都是你的错，你真是不中用，你无能，你软弱，你没有良心，你死气沉沉，你是罪人，你是罪人，最后就在她们心上化成了一句血书：“我是罪人，我要赎罪。”可是，为什么呢？

就是这样，我发现你在有计划地逃学。怎么办呢？直接面对你吗？问你为什么缺勤吗？可我已经知道你会怎么回答了：妈妈，别说教了，我和我的朋友在城里逛了逛，有时看电影有时去博物馆。我去看那些你很喜欢的画，你不高兴吗？去博物馆？跟一群朋友一起？为什么不行？我们相信艺术，学校简直无聊到难以忍受，我们就去别的地方学习了。你可真是一个小奥德修斯，我心想，他在说谎，可与此同时，他又是无辜的，因为撒谎是他自保的策略。如果你的岁数再大些，手头又有一些钱，你就搬出去自己住了。

你不想再依附我。果然，我后来发现你在跟你父亲要生活费，你跟他控诉说，我吝啬到在吃食上都斤斤计较。这不是真的。我不光给你钱，还给得很多。有好几次我需要买新鞋，结果都没有买，把钱省下来，给你买你爱吃的东西，给你买摩托车，给你去咖啡厅点饮料，让你买新潮的毛衣。可你竟然可以如此自然地说谎，面不改色，语气也没有半点犹豫，丝毫没引起我的怀疑。你得意扬扬，一副自信满满、油腔滑调、高人一等的样子。多年以后，我才发觉，你原来对我说了那么多谎话。我就像个傻子，不假思索地相信了那些谎言。

可我为什么要把这一切讲给你听呢，阿失，我的宝贝？我知道你会笑，笑我擅长虚构。“妈妈，你当作家，不是个偶然。你虚构了一切，你很清楚，我从来都没有长大，我是你腹中的一片阴影。真正的骗子是你。我只是玩了一会儿，然后就离开了。”“可我知道这些故事。”我回答你说，“因为我看见了我朋友的孩子是如何成长的。我知道，如果你长大了，你也会像他们一样。你的暴力令我惊恐，那是属于少年的暴力。他们从色情书里学会爱，不相信长久的爱情。他们甚至厌恶亲吻和抚摸，只想立刻上床。做爱本该不慌不忙、循序渐进，他们却在愤怒、仓促和疼痛中完成。阴茎成了一件刺穿人、打击人的武器，成了身体的一面旗帜。这些身体正青春年少，却学会了惩罚与伤害。不是这样吗，阿失？”

他没有回答。他长出了胡子，尽管他始终是个神秘的从未出世的孩子。他的肌肉变得发达，也学会了青春期的一套傲慢做派。傲慢与自负。

世界带给你挑战，你必须赢，否则就是一坨粪便。你说的不就是这个意思吗？我知道，我也感受到了。母腹已经变成了你的囚笼，你想挣脱却做不到，因为你被捆住了。可并不是我把你捆住的。我想让你从窗户飞出去，就像放飞一只鸽子一样，看它翅膀一扑棱，飞向天空。

可实际上并非如此。愤怒的你，想把我脑海中的你引上歧途。你不想离开，像一个少年幽灵，缠绕着你自己。一个凭着母亲模糊的想象而行动的少年，真倒霉！阿失，就算有和你长得很像的人，和你名字相同的人，此时也会爬上窗溜掉，就像公寓里的一个小偷。面对一屋子的好东西，你会砸烂、烧毁、破坏一切，以此为乐。做这些事，你感到快乐，我知道。“妈妈，我没有偷东西，我只是捣蛋。”我的孩子说，像个无赖。我听见他的声音逐渐变得嘶哑。“我们一起看书吧，你想吗？”可他摇摇头。“我不想看书，妈妈，我觉得太无聊了。不如给我买把刀，就像马尔科口袋里的那把。我要像他一样，学会怎么干脆地一刀杀死猫，然后砍下它的脑袋，接着把它们扔在我们的地盘上，警告那些踏入禁地的人。”

Page 173

# 22

—

“那些争取女权的母亲还不知道怎么教会孩子尊重女人。”一个女性朋友对我说，“你们这些女人在‘六八运动’中做出什么成绩了？只有一堆蠢事。这世界还是一成不变。”“这不是真的，西尔瓦娜。至少法律全都改变了，彻底地改变了。如今，在法律上，男女平等。”“真是感谢呢。只要付出一点努力，就可以改变一部法律，毕竟没有人在乎。人制定法律，就是为了不执行法律。你们要改变的是人的头脑，而你们没有做到。”“我们试过了，西尔瓦娜。”“女性主义的失败，右翼的失败。”西尔瓦娜丧气地重复说着。她的声音听起来愤愤不平，令人难受。

“强者的胜利不意味着弱者的失败。”我说，“你想想，基督耶稣的手脚被钉在十字架上。从社会的角度看，他失败了。可从时间的角度看，他取得了超乎想象的胜利，给众多民族烙下了不同的、崭新的、民主的道德烙印。这些人民都将他奉为心灵导师。”“你说得太远了：没有人记得耶稣，就连教会也不记得了。”“好，那我给你举个最近的例子：布拉格之春。学生失败了，知识分子、工人、女性都失败了。”“然后呢？”

“一个人失败了，就认为他是错误的，这么想不对。力量强大的一方固然暂时赢了，但并不意味着它的力量在走向理性和进步。在伊朗，宗教极权主义也胜利了，可这并不表示那些相信自由民主的人犯下了无可挽回的错误。赢家是肆无忌惮地使用权力的人，占有武器的人，公开撒谎并利用各种工具使公众相信这些谎言的人，赢的是专横者。可随着时间的推移，他们会失败，因为对自由和正义的需求会在适当的时机重生，专横者必将被制服。”

“你真是一个幼稚的乐天派。你的乐观简直令人动容，可太脱离现实了，让人无法忍受。”“西尔瓦娜，如果你对未来不抱有丝毫的信心，你就什么都改变不了。你只会待在你的一隅之地，咒骂强权者，批判一切的一切，连一根手指头都不肯动，不去改善问题。想想圣方济各，从任何角度看，他都是个失败者，可随着时间的流逝，他胜利了。”“胜利了，是什么意思？”“如果没有圣方济各，意大利就不是现在的意大利了。你忘了，还有圣嘉勒，和她对抗教会制度的斗争。”“圣嘉勒为女性做了什么呢？”西尔瓦娜追问。她像个变戏法的人一样从容自在，在指间玩转着逻辑。“你想想，在她和圣方济各生活的那个时代，是他们俩率先得到了一种先进文化的浸润，那是来自普罗旺斯的文化，倡导一种慷慨的爱，用善意代替刀剑，用诗歌代替祈祷。”

“那么多的善意，最终留下了什么呢？”西尔瓦娜冷笑说。她仇视教会，除了自己发的牢骚，什么都不信。“圣嘉勒想要布道福音，方济各支持她，可教会不同意。在思想愈加偏狭的主教会议上，教皇们规定了，女人既没有智慧，也没有成熟的心智和学识来布道福音。但还是有一些人，相信基督的话语，相信方济各和嘉勒的智慧。方济各和嘉勒反对十字军东征，反对宗教裁判所，反对战争，反对草率定罪。是他们描绘了今日最好的意大利，至今仍是许多人的楷模：这不是一场反对教会的战争，而是一场反对背离福音书的战争。不是拒绝基督教，而是期望回到基督的话语。”

西尔瓦娜是怀疑派，愤世嫉俗。可当我在讲述圣方济各的故事时，她也在听我说。方济各的母亲是法国人，来自布尔蒙的一个贵族家庭。“皮卡是一个思想开放、富有智慧的女人。她学习了大量奥克语[①]诗歌，相信慷慨之爱，代表了当时欧洲思想的先锋。”阿失也知道她，因为我给他讲了很多次，后来，他还读了我写的关于圣嘉勒的书。他应该还清清楚楚地记得意大利文学上这首最美的诗歌——《万物颂》，你还记得吗，我的小宝贝？在嘉勒的家庭里，女性也扮演着重要角色。她的母亲，奥尔托拉娜·菲乌梅，独自去往巴勒斯坦。这在当时是一件令人反感的事。而她，孩童时期就接近清洁派的思想，在当时，这有触犯死刑的危险。总之，她还是遵循着福音书，因此，教会虽然不赞同，但是也无法斥责她。她和皮卡都受到了克雷蒂安·德·特鲁瓦[②]、香槟伯爵夫人

① 印欧语系罗曼语族的一种语言，主要通行于法国南部（特别是普罗旺斯及卢瓦尔河以南）、意大利的奥克山谷、摩纳哥以及西班牙的加泰罗尼亚的阿兰山谷。

② 克雷蒂安·德·特鲁瓦（Chrétien de Troyes），12 世纪后期法国行吟诗人。其作品标志着传奇文学的繁荣和成熟。

玛丽、阿基坦的埃莉诺[1]的作品的浸润。

“你会明白，文学似乎可以改变这个世界。”西尔瓦娜反驳我说。“它确实是世俗生活的一部分，可对女性保持礼貌与尊重的观念也进入了修道院，再次激发了人们学习基督，效仿他过一种清贫朴素的生活。想想，基督赤脚走路，没有家，没有财产。因为不愿放弃自己的理念，他还被钉在了十字架上。嘉勒认为这才是她该学习的榜样，而不是教会和它的官僚主义、浮华的排场、财富，还有豪华奢侈的仪式。在嘉勒建立的修道院里，修女们都要赤脚走路，席地而睡，枕着一块石头。她们要进行斋戒，要热诚谦恭地对待每一个人，不断舍己奉献。”

---

① 阿基坦的埃莉诺（Eleanor of Aquitaine，1121/1124—1204），阿基坦女公爵，法兰西国王路易七世的王后（1137—1152 年在位），英格兰国王亨利二世的王后（1154—1189 年在位）。欧洲中世纪最有财富和权力的女人之一。

“可还有另一个教会。”西尔瓦娜说，“教会还是数百万的人民。为了统治这数百万人，需要金钱和银库。而为了管理这些银库，又需要银行家。他们都是些恶心的人，已经准备好了，要弄脏自己的双手。”“方济各没有生这些银行家的气，可他说管理教会的人并不能代表教会。恺撒的归恺撒[①]，你记得吗？”“一个统治数十亿人民的组织，就像教会那样，无法靠做梦过活，不能赤脚走路，也不能吃面包洋葱度日。”

“只要政教分离就可以。国家占有物质材料，依法管理钱物交易。而教会，以上帝之名，捍卫精神世界。圣方济各写下了意大利文学史上最美的诗，我总是带在身边的幽灵孩儿，也很熟悉这首诗。”“谁在乎诗啊，你真是一个天真的糊涂人！”“方济各敢于把死亡称为姐妹，不止把月亮、星辰当作姐妹，还有死亡。”“所以呢？”

---

① 原文出于《圣经·新约》，“上帝的归上帝，恺撒的归恺撒”。

“西尔瓦娜，你别忘了，福音书是由几个牧羊人和渔夫写成的，他们的思想单纯而正直。而教会，数个世纪以来，则投身于那一场混战。那是中世纪时期僭主和大地主的政治博弈。那个时候，人人相争，生命一文不值，强暴者横向霸道，就连自称基督徒的人，也把压榨奴隶、女人、农民当成合理合法的事，对那个纯洁男孩的话语不屑一顾。那个小男孩出生在伯利恒的一个山洞里，他赤着脚前往世界各地，宣扬对众人的爱和质朴的思想。”“亲爱的，正因如此，我们才跌进了谷底。”西尔瓦娜回答说。她有一颗敏锐的头脑，但充满了对整个世界的悲观和怒斥，“我们坠落到了漆黑的深渊中，不知道该如何走出。”

Page 181

# 23

—

阿失来到了我的梦中。他的声音听起来已经像个男人了。一个月前，他满二十岁了。他有着壮硕的小腿，坚毅的眼神，留着如今流行的大胡子。留着这样的胡子，让男人看起来更忧郁、更浪漫，但是也让他们看起来年纪更大。他长得很帅气，女孩们都用贪婪的眼神打量他。他喜欢滑雪，喜欢潜入水底追捕石斑鱼和鱿鱼。在这方面，他很像我的父亲，是一个全能的体育爱好者。就连登山的爱好，也是从他外公那里遗传来的。我记得，有很多年，我都跟在我富有魅力的父亲身后登山，后来因为头晕，我就不爬了。我很擅长在悬崖峭壁上结组攀登，可如果我转身，看见脚下空荡荡的，就会四肢瘫软。

我已经长大成人的儿子，在很多运动上都有天赋。他也兴致勃勃地体验了所有运动，但从没有在哪一项上坚持到底。值得庆幸的是，由年轻而不自知的罪犯——马尔科领导的小团伙解散了。马尔科十八岁时去做了伞兵。西蒙通过伊拉斯谟计划去了法国。至于其他人，我就一无所知了。阿失和女孩们的关系似乎也缓和了。他再也不会为了一个不知道是什么的理由，说要惩罚、摧毁、掐死她们了。

年轻的阿失又开始读书了，向我提出很多疑问，尽管他装作并不是他在思考这些问题。他觉得，一个年轻的男子向一个年老的女权主义者寻求解答，是一件难为情的事。“我的朋友卡洛说，比起益处，女性解放带来了更多坏处：现在的女人不断提出要求、索取、苛求，总而言之，变得难以忍受。她们到底想从我们男人身上得到什么？”“或许，只是一点儿尊重吧。”我打趣地回答说。

“卡洛说，有人曾经写道，女人想要她们没有的阴茎，因此她们痛苦煎熬。”“这个人是弗洛伊德。女人羡慕的是男性享有的自由，而弗洛伊德把这种渴望简单地看作对男性生殖器的羡慕。”“卡洛说，女人想变成男人，可你觉得，这是她们想要的吗？变丑，长出胡子？”他不自然地笑了，好像在笑他的朋友，老提这种他永远都不会问的奇怪问题。我把自己几年前写的书《船上的偷渡者》放在他手里。可他没有读。书被扔在沙发上，躺了好几天。

“我的朋友卡洛说，女权主义死了，被埋葬了。事实上，连我的女性朋友基娅拉和斯特凡尼娅也这么说。”小幽灵坚持说。他自顾自地长大了，长出了胡子。“也可能死了吧。可假如女权主义从未存在，你的女性朋友们就不会有今日的自由，她们还以为女性很早以前就获得了这些权利。”“什么权利，妈妈？穿着超短裙四处晃悠，又要求男人别用饥渴的目光看你，你觉得这是权利吗？”“我以为你已经消除了对女性卖弄风骚的鄙视，就像我跟你说过的，那只是一种单纯的反应，应对两性博弈中的传统话语。”阿失用怜悯的目光看着我，好像看着一个不谙世事的天真的人。可他今天的眼神比往常更深情，看起来不像要拒绝我，而更像准备好了保护我。

可我怎么才能够让我的孩子明白，他的话语里还是少了些尊重呢？虽然他郑重地表示这是他的朋友卡洛说的。我不想恶化我们的关系。我要慢慢地跟他说女性获得的那些权利，比如家庭权。家庭权的结构像一座金字塔，顶端是家庭的领导者，他有权处置妻子和孩子。法律上，是他对应着他的核心地位。妻子必须服从他，无论在经济上还是社会上。“家庭权在1975年被废除，正是在女性运动之后。”

“控告强奸犯的权利呢，不值一提吗？”他追问，让我向他的想法靠拢，他的想法总是尖刻的。“在新的法律颁布之前，强奸犯受到控告，不是因为侵犯了一个女人而是因为违反了社会公德。你知道弗兰卡·维奥拉的案子吗？她被自己的一个追求者强暴，知道自己之后将被迫和他结婚。可她不爱这个男人，也不想嫁给他。于是她拒绝了，受到了死亡威胁。她告上法庭，最后胜诉。那一刻，改变了意大利所有女性的生活。”

他听我说着，我知道他在听我说话，虽然他假装不在听。他聪明敏感的大脑里，或许正在发生什么他意想不到的事情。小小的火光亮了，就像夜晚的灌木丛里呆呆的萤火虫。它们发光，好像只是为了显示自己的存在，结果却照亮了未知领域里一些细小的风景。

我的孩子阿失和我的父亲简直相似到难以置信。同样迷人的微笑，同样温柔而充满好奇的眼睛，同样强壮精瘦的身材。如果他们在一起，应该会很聊得来。从外公那儿，阿失继承了对多洛米蒂山的喜爱，他也喜欢在拉瓦莱多三峰山那白雪皑皑的岩壁上攀缘。

可是，如果小小的梦想家——阿失没有从我的腹中出来的话，他是跟谁一起去的呢？我知道他唱了歌，就像我父亲一样。我父亲曾经是阿尔卑斯山的山地狙击兵，听过一些山歌，那些最动人的山歌。那些歌讲述着士兵奔赴前线，或者即将死去的长官要求把自己的身体分成好几份：一份给高山，一份给士兵，一份给祖国，一份给他的爱人，还有一份给他的妈妈。

那一刻，我父亲的声音突然哽咽了，因为他的妈妈是英国人，非常疼爱他，他却一直跟随专制独裁的法西斯父亲打仗。那首关于火车的歌，令他动容，唱的是山地狙击兵乘着火车去往前线，他们知道自己会在一片严寒与荒凉中死去，在远离母亲的地方没有理由地死去，在一场愚蠢的战争中死去，而这场战争中有的只是无谓的屠杀。他也曾经在日本的监狱中被关了两年（我也被关在那里，我下次再跟你说这事）。有一天，他的心脏突然一下抽紧，就像有一只老鼠在狠狠地咬噬。后来他才知道，原来他敬爱的妈妈奥伊在那天去世了，嘴里低声念着他的名字。奶奶奥伊因为血管梗死，瘫倒在了爷爷安东尼奥精心打理的被大丽花环绕的草地上。我听见我的阿失，用还稍显稚嫩的声音，唱着同样令我父亲沉醉的歌："酒啊酒，给我几瓶酒！"生命走到尽头时，也需要一首生命的赞歌啊！

Page 189

# 24

—

西尔瓦娜是我的闺蜜，就像女孩之间常称呼的那样。我们在校园里相识——是高中同桌。一开始，我讨厌她。我觉得她傲慢，总是不安宁，总是不满，总是批判一切。但是后来，在进一步了解了她之后，我发现，尽管她满腹牢骚和批判，但在这焦躁背后，是她对自由的热爱，是一个有深度的思想，是迎接这个世界的敞开的怀抱。我羡慕她乌黑顺滑的头发，她深色的大眼睛，她琥珀色的皮肤。晒太阳的时候，她的皮肤就会变成烘焙过的咖啡豆的颜色，而我会变红，还长满斑。她的头发被海水打湿以后，就变成了亮黑色，散发着光泽。而我卷曲的金发则绞缠在一起，看起来总是乱蓬蓬的。

西尔瓦娜不惧怕任何事物，能够抱着坚定的心去冒险。我什么都怕，常常躲起来，不让人看见。她骄傲自负，坚持自己的看法。我总是犹豫不决，畏畏缩缩，我的羞怯使我陷入瘫痪：灯开着，我就没法进电影院，因为我不好意思，所以，我就等灯关了以后，偷偷溜去最后几排座位。我没法进了一家商店却一件东西都不买。我也没法过马路，因为别人的目光会让我紧张。

总而言之，我们是截然不同的人。可我们还是成了朋友，尽管有时候会拌嘴，她会急躁，会批评我的每个行为举止，尽管我胆小，她傲慢，我会因为突然面临的恐惧缩进蜗牛壳，也就是我粗笨难看的身体里。她很美，很乐意展现自己的身体，甚至经常是毫无顾虑地展露。

感觉热了，她就脱。而我，宁可在太阳底下融化了，也不愿意裸露一只手臂。

整个高中，我们都在一起。在学校里用着一张课桌，在她家或者我家一起做作业。更多的是在她家，因为她家有很多空房间，她的母亲年轻漂亮，常给我们端来可口的下午茶。而我的家又小又贫寒，我的母亲总是在外面，在家族的一个企业里工作。由于战后物资匮乏，那家公司快要破产倒闭了。我的父亲，也很少出现。冰箱里总是空的，我们用来写作业的桌子也是我家吃中饭晚饭的桌子。

读完高中之后，西尔瓦娜去了帕多瓦。她的父母搬到了一家医院附近，她父亲在那家医院做外科医生，她母亲做理疗师。我们几乎每天都互通消息，之后就越来越少了。直到有一天，我收到了一封婚礼请柬。一张卡片，用白色栀子花设计的边框："诚邀安杰洛和罗莎琳达·萨利恩蒂参加西尔瓦娜和罗德里戈·萨佩尼奥的婚礼。"为了参加她的婚礼，我坐上了火车。

我没有料想到婚礼会如此豪华。她的丈夫应该也很富有，是一位商人，不知道是做什么生意。西尔瓦娜穿的不是白色礼服，而是一件美丽的轻柔的淡紫色礼服，头戴一顶白色小花编成的花冠。她看起来很快乐，婚礼上每一件微不足道的小事都会引她发笑。只是当她看到我的时候，她变得激动了，用戴着戒指的手抹去了脸上的两行泪水。“你变了好多。”我看她身材优雅，头上戴满珠宝，已经是一副温驯的样子，说：“看着都不像你了。”“我确实不是我了。”听了她的回答，我心生疑惑。

波伏瓦说，当女人选择传统婚姻的时候，她们就接受了肢解，不是生理上的而是心理上的肢解。她说的这些话还有价值吗？“青少年时期，女孩就像一个独立的个体，拥有对自我的认知：在和父母、朋友的关系中，在学习和游戏中，她都会感受到自己的独一无二。”可之后呢？之后就进入了被波伏瓦称之为“等待男人”的阶段。她一直被灌输的思想是，作为女性，等待男人是她生命中的一件必要的事和目标。婚姻是必要的，也是目标。女性应该让自己的身体习惯于去接待一个新的生命，因此，对这个身体做出的所有举动，要么是对那份牺牲的赞扬，要么是侮辱，也就是婚内强奸。

“丈夫不会强奸。”西尔瓦娜不假思索地说。“在某些情况下会，比如，女孩子嫁给了一个年纪比她大一倍的陌生人。”“可在我们身上，已经好几个世纪都没有发生这种事了。”“世界上好多地方还在发生着，西尔瓦娜，现在你不能再说‘我们’、‘他们’，就像在说两个互不相干的世界，我们正在和许多不同的文化交织在一起。我们不能把这些文化拒之门外，而是应该面对它们，对比彼此的文化。只有当我们热爱、保卫我们的成果，我们才能做到这点，虽然为了保卫它，我们需要非常坚定地相信自己。”

“在自然界不存在强奸，”我继续说，虽然她心不在焉，我还是希望她能听我说。“动物不会实施强奸。那是专属于人类的一种行为：在战争中，侮辱和征服敌方的女人。在最遥远的战争中，这也确实作为一种引发恐惧的武器而诞生。如今，许多事物都改变了，可对比自己更脆弱、更手无寸铁、更弱小、更贫穷、更恐惧的人施加性暴力的习惯依旧存在。”

有一次，她听了我的话之后，我看见她若有所思的样子。或许是她开始相信，不停地发牢骚和批判并不能改变任何东西。“强奸就像穿着鞋子踏进一个女人的身体里，不是吗？”她说，几乎是紧跟着一个不同寻常的思路。“正是如此，性侵不仅仅是说‘我要压倒你，刺穿你，征服你’，还意味着把我的权力烙印在你身上，还有你身边的、属于你的一切事物上。占有了你的身体，我还会占据你的思想、恐惧、需求、愿望。而你的欲望也将不再真正属于你。总是男人在说‘我获得你’，‘我占有你’，这并非偶然。在语言学上，女人不占有、不获得，而是被占有、被获得。词汇反映了权力关系，你认为我说的对吗？”

我知道我为什么没能够说服她。西尔瓦娜感觉她是自己身体的主人，是她美观房子的主人，是她美丽花园的主人，是她漂亮衣服的主人。可在与她结婚的那个温柔青年面前，她似乎已经准备好扮演一个角色了。“在男性眼中获得价值的女人，不是提高自身的人的价值的女人：而是按照他们的梦想塑造自己的女人……像最骄傲的女人一样，最卑微的女人明白，为了取悦男性，需要做出牺牲。”这些都是波伏瓦说的话：“男人不爱……卖弄学问的女人，有头脑的女人；过多的胆量、文化、智慧、个性，使他们惊慌失措……身为女人，意味着要表现得软弱、轻率、被动、温顺。年轻女孩应该好好打扮，卖弄风情，压抑自主，从年纪更大的女人那里学习如何做作地优雅。每一次的自我肯定都在削减女性的特征和魅力。”

“你觉得，这些 1949 年写下的话，还有用吗？”现在，她在嘲笑我，我看得出来，她想结束这场愚蠢的争论。“恐怕是的，西尔瓦娜，虽然世界发生了巨大的变化。至今，男性梦想的还是像玛丽莲·梦露这种类型的女性：美丽、柔弱、在道德与学识上缺乏见解、需要领导与保护、无知、胆怯，一个把自己交付给男人，好让他按照自己的幻想去塑造的女人。虽然，我们知道玛丽莲·梦露完全不是一个脆弱天真的女孩，可她被赋予的刻板的银幕形象就是那样。她的演技如此之好，以至于最后与这个角色融为一体，因为自己的脆弱与魅力而死去。她迷人妩媚的语言也成了她独一无二的印记。”

“现在的女性是自由的、独立的。她们工作挣钱，跟玛丽莲·梦露跟有什么关系？”“几天前，不是你硬拉着我去市中心的那家店，买了红色的吊带袜，红黑相间、袒露臀部的蕾丝内裤，甚至还买了厚杯胸罩，用来托高、炫耀你的胸部吗？”“哦，我只是想在做爱的时候，让自己看起来性感些。”她回答说。可我知道她心里有所触动。她的微笑不像之前那样自信了。

Page 197

# 25

—

在她婚礼的那天，看见她如此驯服，如此依赖那个年轻人的样子，我很难过。那个人把她当成一件战利品来展示，他看起来想要保护她，可也想统治她、控制她，而不是和她手牵着手，走向未来。幸福的西尔瓦娜，前所未有的美，可她的美却好像再也不属于她了。她把她的美赠送给了新郎，如同在婚礼上送出一件礼物。而新郎则立即把她的美据为己有，心满意足，扬扬得意。

有好儿年我都没再见到她。后来，我知道她生了两个孩子。现在两个孩子都长大了，在国外工作。在一次邮件联络中，我们都表示想要见见彼此，于是，有一天，我们在博洛尼亚的一家咖啡馆里见面了。那是一个阴雨连绵的日子，当我们喝着滚烫的卡布奇诺时，她告诉我，她和丈夫离婚了。“为什么？发生什么事了？”

“他装作很在乎婚姻的样子，却和其他女人上床。我忍受了一段时间，可后来，我觉得疲倦了，就跟他说，我要走。他大发雷霆，想掐死我。然后，他又跟自己置气。当我在厨房的时候，他把便服的腰带系在吊灯的电线上，想要上吊自杀。我听见‘扑通’一声，还有玻璃破碎的声音。电线支撑不住，吊灯掉了下来。我就在那里找到了差些被勒到窒息的他。”

“我跟你说，我和他两个人，坐在满地的吊灯碎片之中，都忍不住大笑了起来。我们相互拥抱，我向他保证，我会留在他身边。但是，从那一刻起，他变得令人无法忍受——他监视我的一切行动。他在街上跟踪我，无论我去哪里，都会看见他在前面。他坚信，我是因为有了别人，才要跟他分手。可我没有情人，我只是厌倦了。最可笑的事情是什么，你知道吗？尽管他嫉妒得发狂，设了那么多陷阱，想在街上抓到我出轨的把柄，可他还是没有停止去找其他女孩，也会去嫖娼，还无耻地在同事面前调情。有时候，他一些爱讲闲话的同事会来找我，告诉我这些事。”

“一天晚上，他很晚回来，脖子上还带着口红印。我拿了行李箱，装满衣服，想要离开。他开始大嚷大叫，说他爱我，说我不该毁掉这场幸福的婚姻。‘可我一点儿也不幸福。你会放弃你的那些女人吗？’我问他，你知道他回答了什么吗？‘她们就是些根本不重要的东西，我的女人是你。其他女人只是拿来消遣娱乐的。你知道，我工作很多，很累，我厌倦了。我也需要一些消遣。可是，没有任何女人可以取代你的位置。’”

“呵，我才不稀罕在一群莺莺燕燕中做他的女人。我甚至感觉不到嫉妒，我就是觉得他卑鄙无耻，伤害了我。”“孩子们什么反应?”“还好，雅各布跟我说：‘妈妈，我希望你幸福，如果跟他在一起不幸福的话，你就去别处寻找吧。’劳拉反而很固执：‘妈妈，到了你这个年纪，你找不到比爸爸更好的人了。试着忍受他那些愚蠢的小错误吧，继续做这个家里的王后。’可我他妈一点儿也不在乎做什么家里的王后。‘你会变得贫穷。’我的女儿继续说，她看事物总是注重实际。‘我不会因为钱的问题而止步。’我回答说，即使我知道以后的日子将充满艰辛。”

“你就这样走了。”“没错，这实在太难了，我的朋友。我不得不放弃一个舒适美丽的家，和孩子搬进郊区的一个一居室；我不得不停止购买高质量的衣服和鞋子，开始逛起路边摊。我不得不适应贫穷。这并不简单。”“你的父母呢？我记得小时候你住在一个带花园的大房子里，你父亲的车不止一辆。”“我的父亲失去了工作，当他去世的时候，已经一无所有了。所幸我母亲在父亲去世之前就离世了。我不得不在工作和照料儿女上分担精力，实在太辛苦了。你从我脸上就能看出来——它提早衰老了。看我的手，就像一位老农妇的双手。”她笑了起来。“你呢？”她睁大了双眼问我。“你看起来过得不错。虽然我们年纪一样大，你看起来比我更年轻。”

我跟她讲了我怀孕七个月流产的事，我的丈夫和另一个女人去了美国生活，我的幽灵孩儿留在了我身边，不对，留在了我的身体里，长大成人。阿失，我跟她说了你，说我们常常秘密地交谈。她微微一笑，一副难以置信的样子。“我觉得你有点疯了，”她说，“没有人会跟死去的人对话。”“可他没死。”“你真是个幻想家。如果你还有一个孩子的话，就不会做这些可怜的梦了。”“我再也生不了孩子了，西尔瓦娜，很久以前的那次流产毁了我的身体。”“我也是。”她含糊地说，并不想多做解释。

几乎一年以后，我们才再次相聚。我发现她变年轻了，目光中透着愉悦，只有双手还留着过往的痕迹。“我们女人的身体里充满了最荒谬的矛盾，它从不让我们满意，一直令我们惊恐不安，尤其当它变得无形、麻木的时候。你知道为什么吗？”今天，西尔瓦娜的语气满是怨愤。“可能，就像波伏瓦说的，是因为女人过分的性欲体现在，愿意接受自己变成一个战利品。如果她想和男性进行性爱的游戏，就必须变形。她开始分裂成两半，而不是完全与自己重合，她开始存在于自身之外，变成女人。”“你简直是一个活的摘录本。记忆力太惊人了。好几年前读的书，你是怎么记住书里这些话的？”“有些书，我会翻来覆去地读，这样脑子里就一直会有新鲜的记忆。当然，我指的是那些值得反复阅读的书。”

双手粗糙的美丽的西尔瓦娜哈哈大笑。“那在你看来，哪些书是值得反复阅读的呢？”“嗯，可以从经典名著开始读。如果一本书历经数个世纪依旧鲜活，就说明它表达了一些东西，不只是给它那个时代的人，也是给后人的。也就是说，它所传递给你的情绪，不仅是社会的、具体的，也是普遍的。”“给我说说书名？这样的话，我或许就能跟你一样，变成一个乐观的幻想家了。”“如果你真的想知道书名的话，为什么不从神秘主义的文学作品开始读呢？”“那我在哪里可以找到这些书呢？”“一些勇敢的出版社出版了这些书。《亚西西的嘉勒的信件》就是由艾德菲大学出版社发行的。读一下吧，这些信很美。”“为什么呢？”“它们教会了我反抗和思想的自由独立。”

“你跟我说的那些女性主义理论，坦白说，我从来没有读过：它们让我有些不安。我厌恶狂热主义。”“为什么当女性支持一些观念的时候，就变成了狂热分子呢？”“她们本来就是。”“你会说马克思是个狂热者吗？”“跟马克思有什么关系？”“他思考社会上的种种不公正，并提出了解决方案。你会或多或少同意他的观点，可你不会把他定义成一个难以理解的极端主义者，他只是一个思想者。女性做的也是同样的事。比如奥兰普·德古热[1]，1791年，勇敢的她起草了一份关于女性公民与政治权利的宣言，后来被送上了断头台。”

“你知道的总是比我多一点，果真一直在埋首读书啊。那然后呢？”“然后，你可以看看克里斯蒂娜·德·皮桑[2]，一个出生在意大利的法国女人。她在1405年完成了一部重要的作品《妇女城》。在这本书中，她思考了女性之所以处于劣势，是因为缺乏教育和经济上的独立。”“你让我看一个在15世纪写出来的东西，干吗呢？”

“你想读一些更现代的东西吗？那就看贝蒂·弗里丹[3]

① 奥兰普·德古热（Olympe de Gouges，1748—1793），原名玛丽·古兹（Marie Gouze），法国女权主义者、剧作家、政治活动家。

② 克里斯蒂娜·德·皮桑（Christine de Piza，1364—1430），出生于威尼斯，文艺复兴时期威尼斯诗人。在文艺复兴前的法国，她维护妇女的事业，倡导给青年妇女平等教育的机会。

③ 贝蒂·弗里丹（Betty Friedan，1921—2006），一位美国作家、编辑，在近代女权运动中扮演着重要的角色，其著作《女性的奥秘》为提倡自由主义女性主义的经典。

的《女性的奥秘》，它会让你明白很多关于女性的迷人特征的奥秘。或者埃莱娜·贾尼尼·贝洛蒂[1]的《至于女孩》。或者舒拉米斯·费尔斯通[2]，她写的《性的辩证法》从历史的角度分析了性别差异的问题。还有埃娃·坎塔雷拉[3]，研究希腊神话的她，探索了浩瀚广大的欧洲文化传统中最光明和最黑暗的地带。如果你想听一位男性阐释关于性别不公的一些思想，就读夏尔·傅立叶[4]的书吧。他是第一个提出'婚姻奴役'的人。或者孔多塞

① 埃莱娜·贾尼尼·贝洛蒂(Elena Gianini Belotti，1929— )，意大利作家、教育家。

② 舒拉米斯·费尔斯通（Shulamith Firestone，1945—2012），一位加拿大裔美国激进女权主义者。

③ 埃娃·坎塔雷拉（Eva Cantarella，1936— ），意大利历史学家、社会学家、法学家，主要研究古代社会。

④ 夏尔·傅立叶（François Marie Charles Fourier，1772—1837），法国著名哲学家、经济学家、空想社会主义者。

侯爵[1]，关于奴隶制，他做了大胆的思考。如果你想读一些现代的经典女性主义的文章，就看路易莎·穆拉罗[2]的《母亲的象征性秩序》或者罗茜·布拉伊多蒂[3]的《不和：女性与当代哲学》。”

“那如果我想了解女性的性爱，你觉得我该看什么书呢?”“在推荐有关性爱的书籍上面，我会更谨慎些。阿内丝·尼恩[4]曾尝试讲述女性的快感，最终讲述的却是男性的快感。雪儿·海特[5]的研究很有意思。她出生于美国，

---

① 孔多塞侯爵（Marie Jean Antoine Nicolas de Caritat, marquis de Condorcet，1743—1794），是 18 世纪法国启蒙运动时期最杰出的代表之一，同时也是一位数学家和哲学家。

② 路易莎·穆拉罗。（Luisa Muraro，1940— ），意大利当代哲学家、作家。

③ 罗茜·布拉伊多蒂（Rosy Braidotti，1954— ），意大利当代哲学家与女性主义理论家。

④ 阿内丝·尼恩（Anaïs Nin，1903—1977），知名美国作家，出生于法国。

⑤ 雪儿·海特（Shere Hite，1942—），美裔德国性教育家、女权主义者。生于美国，1995 年放弃美国国籍，加入德国籍。海特的主要工作是女性性学研究。出版过《海特性学报告》等畅销性学读物。

是一位研究员，曾在70年代调查了众多女性的性生活，有无达到或者很少达到性高潮？如何达到的？结果很奇怪：三分之一的女性都承认她们无法在性交过程中体验高潮，为了不让伴侣失望，她们会演点戏，换句话说，就是假装。海特认为她们无法达到性高潮，是因为在与男性交往时缺乏信任，内心不安，女性仍处于被支配的地位，外在表现就是羞怯与恐惧。总之，在两性关系中，女性的被动远远大于主动。但是，所有受访女性都承认，通过手淫，她们能够在短短几分钟内达到高潮。”

“你之前说，女性的性爱没有名称，不存在性爱。”“存在确实存在，但它没有一个被大众所认知的符号系统。目前，女性的性爱仍活在男性的情绪和欲望中。可我想再跟你说些别的。我敬爱的波伏瓦说：‘男性欲望是一种馈赠，可也是一种伤害。’很多女人为自己能激发男性的欲望而骄傲，常常千方百计地挑拨男性的欲望，可她们明白自己所行使的这项引诱的权利，并不是一项真正的权利，因为男性的欲望只会赞美你活动的身体，贬低你活跃的大脑。”

“你总是引用波伏瓦的话。我觉得她是个讨厌的人，像是想要教你入门知识，讲的常常是些显而易见的东西。”“看见你的身体还在使用一种吸引男性的语言，虽然吸引效果不是很好，我觉得事情并没有发生很大的变化。”西尔瓦娜若有所思地看着我。起初她会反驳我，可这次她沉默了。“你真的确定这世上不存在一种女性欲望，它拥有制度化的语言吗？”“我认为真的不存在。无人言说女性的性欲。尽管它活在女性的躯体里，却无法看见，它没有一个可见的可识别的形象。”“那男性的就有吗？”

“是啊，看看你四周的街道，仔细看看那些汽车或者啤酒的广告牌，总是从女性的身体出发。有时，女性的身体还会变成售卖的物品：名字叫作罗萨丽亚[1]的橙子，

---

① 罗萨丽亚（Rosaria），女性名字。

带汽或不带汽的矿泉水，像轮番上阵的美人。更别提画了，千百年来展示的一直是暴露的、被奉承或者被辱骂的女性躯体，总是处在男性的目光与视角下。叙述女性故事的是他，解释母性奥秘的是他，颂扬爱情、欲望、强奸、暴力、家庭、通奸的是他。一直是男性的声音在讲述。”

“所以，你还是坚持认为，女性性欲并不存在吗？”“它当然存在，只是人们提到女性性欲，就会想到男性性欲。女性性欲的独立存在并不为人们所承认，而迷失在了痛苦的模拟中。”“所以，你不认为女性已经实现解放了，是吗？”“法律和公民权利的解放实现了，可性欲的解放还没有实现。”“你想说什么，我听不懂。”“在你看来，是否存在一个女性性爱的图像？你在哪里看到的？它在哪里存活？在女性的身体里，当然存在性欲，女性也会感知到它。但是，它没有一个可以使它变得合法，可以供大众分享的表达方式。男性最在乎的首先还是性爱和年龄，这是他们无论如何也不愿失去的。”

“年龄怎么说？”“一个七十岁的男人和一个二十岁的女孩在一起，不会惹人非议，甚至还会因为这种选择受到他人的钦佩。而一个七十岁的女人和一个二十岁的年轻人恋爱，就会被看成一件堕落败坏的事情。”“可是，你知道吗？我觉得我爱上了一个比我更年轻的男人。而且，我觉得，他也爱我。”

“真的吗，西尔瓦娜？你以前怎么没有跟我说过？”“我有点不好意思。可是经过了很多事情，真的是很多很多事情，你知道吗？我才真的相信，他是爱我的。”“那你爱他吗？”“是的，虽然忐忑，但是我要说，是的，我爱他。”“这个消息太棒了。”“他甚至想和我结婚。可我拒绝了他。”我们大笑了起来。确实，她的眼睛里闪烁着崭新的光，我之前未曾留意到。尽管她双手粗糙，颈上也出现了皱纹，可那道光衬得她容光焕发、美丽动人。“也许，事情正在发生改变，西尔瓦娜。

或许，你是对的，波伏瓦面对的那个世界，如今已不存在了。”“还在，只是离这里数百公里远呢，你不觉得吗？”“除了恋人，你还在变成一个哲人啊。”“我正在变得更谨慎。”这是第一次，在她一直以来含糊不满的声音里，我听到了一丝乐观。

Page 213

# 26

—

住在我心里的那一团阴影，变得有些不同。我听见那个原本刺耳的声音变得温柔起来。“是你吗，阿失？”“是我，妈妈。”“发生什么事了？”当他跟我说他恋爱了，我发觉他的声音在颤抖。“你也恋爱了？”“怎么，还有谁？”他紧张地问。可我没有跟他说西尔瓦娜的事，我在等他讲述。“这是第一次，”他说，“妈妈，只是碰到手，我都激动不已。”“那她呢？”“她爱我，真心实意地爱我，如同爱她的未来。”

在一个不存在的，或许只是幻想出来的世界里，在阴影之中，我的小阿失经历了一路的蜕变。“跟我讲讲，阿失？”可他沉默了。然后，慢慢地，他说出了真相。这个故事充满了坎坷，就像人生一样。当人们怀着慷慨之心度过一生，就会知道生活是崎岖坎坷的。阿失爱上了一个比他大几岁的女孩。他穿过感恩的平原、嫉妒的峡谷，登上了真爱的高峰，渴望了解对方，希望对方幸福。他站在一座陡峭险峻的高山的峰尖，不知道如何下山，才能避免落得粉身碎骨。最后，他的皮肤剐蹭着岩石，擦伤双手，划破双脚，才下到了山谷，那里有一个沼泽等着他，几乎将他吞没。

他奇迹般救出了自己。可当他站起来的时候，他明白，他已经变了，变成了一个男人。他不再生活在母亲的身体里，而是来到一个充斥着危险与折磨，同时也充满温柔与理解的世界。从那一刻起，他牵起了我的手。我们又一次在一起了。不再是一个人依靠着另一个人，而是被深厚的感情联结在一起的一老一少两个人。他真正地认识了一个女人，了解了她的奥秘与欢乐、热爱与独立，这时，他对女性世界的恐惧消失了。偏见曾进入他的血管，在其间奔跑，对此，他几乎未曾察觉。当他发现这些偏见都是毒药，是一种文化的废料时，所有的偏见都融化蒸发了。这文化并非由他制造，而是随着一些遥远的烟雾升腾而来。奇怪的是，这些烟雾仍滞留在世界的气息中。

“你该介绍我认识认识这个改变了你的女孩。我想谢谢她。”阿失笑了。“我会介绍你认识的。她很像你。”他说。我看见他一边说话一边远去，长长的腿一摆一动。“永别了，阿失！”我呼喊着。我知道我失去了我的孩子。可我也知道，一个男人诞生了。

（完）

# 参考书目

- Babel, Isaak, *La donna e il socialismo. La donna nel passato, nel presente e nell'avvenire*, Savelli, Roma 1977
- Bachofen, Johann, *Introduzione al diritto materno*, Editori Riuniti, Roma 1983
- Banti, Anna, *Artemisia*, Bompiani, Milano 1994
- Bianchini, Angela, *Voce donna*, Frassinelli, Milano 1996
- Braidotti, Rosy, *Dissonanze: le donne e la filosofia contemporanea. Verso una lettura filosofica delle idee femministe*, La Tartaruga, Milano 1994
- Cantarella, Eva, *L'ambiguo malanno. Condizione e immagine della donna nell'antichità greca e romana*, Feltrinelli, Milano

2016

- Chiara d'Assisi, *Lettere ad Agnese. La visione dello specchio*, Adelphi, Milano 1999
- Chiavola Birnbaum, Lucia, *Black Madonnas. Feminism, Religion & Politics in Italy*, iUniverse, Lincoln 2000
- Cutrufelli, Maria Rosa, *L'invenzione della donna. Miti e tecniche di uno sfruttamento*, Mazzotta, Milano 1974
- de Beauvoir, Simone, *Il secondo sesso*, Il Saggiatore, Milano 2016
- de Condorcet, Jean Antoine Nicolas, *Riflessioni sulla schiavitù dei negri*, Colonnese, Napoli 2003
- de Gouges, Olympe, *Dichiarazione dei diritti della donna e della cittadina*, Caravan Edizioni, Roma 2012
- de la Cruz, Juana Inez, *Versi d'amore e di circostanza*, Einaudi, Torino 1995
- de Pizan, Christine, *La città delle dame*, Carocci, Roma 2004
- Dickinson, Emily, *Tutte le poesie*, a cura di Maria Luisa Bulgheroni, I Meridiani, Mondadori, Milano 2004

- Figes, Eva, *Il posto della donna nella società degli uomini*, Feltrinelli, Milano 1979
- Firestone, Shulamith, *La dialettica dei sessi. Autoritarismo maschile e società tardo-capitalistica*, Guaraldi, Firenze 1976
- Friedan, Betty, *La mistica della femminilità*, Castelvecchi, Castel Gandolfo 2012
- Gianini Belotti, Elena, *Dalla parte delle bambine*, Feltrinelli, Milano 2014
- Graves, Robert, *La dea bianca*, Adelphi, Milano 2012
- Guiducci, Armanda, *Perdute nella storia. Storia delle donne dal i al vii secolo*, Sansoni, Firenze 1989
- Hite, Shere, *Il rapporto Hite*, Bompiani, Milano 2001
- Keuls, Eva C., *Il regno della fallocrazia. La politica sessuale ad Atene*, Il Saggiatore, Milano 1985
- Khadra, Jasmina, *Khalil*, Sellerio, Palermo 2018
- Lamarque, Vivian, *Questa quieta polvere*, Sansoni, Firenze 1987
- Magli, Ida, *La sessualità maschile*, Mondadori, Milano 1989

- Malinowski, Bronisław, *Argonauti del Pacifico occidentale. Riti magici e vita quotidiana nella società primitiva*, Bollati Boringhieri, Torino 2011
- Maraini, Dacia, *Chiara di Assisi. Elogio della disobbedienza*, Bur, Milano 2016
- Maraini, Dacia, *Un clandestino a bordo,* Rizzoli, Milano 2002
- Mead, Margaret, *Sesso e temperamento in tre società primitive*, Il Saggiatore, Milano 2014
- Millett, Kate, *La politica del sesso*, Bompiani, Milano 1979
- Mozzoni, Anna Maria, *La donna e i suoi rapporti sociali*, in F. Pieroni Bortolotti (a cura di), *La liberazione della donna*, Mazzotta, Milano 1977
- Muraro, Luisa, *L'ordine simbolico della madre*, Editori Riuniti, Milano 2006
- Pomeroy, Sara, *Donne in Atene e Roma*, Bompiani, Milano 1997
- Ravaioli, Carla, *La donna contro se stessa*, Laterza, Roma-Bari 1978

- Reed, Evelyn, *Féminisme et anthropologie*, Denoel-Gonthier, Parigi 1979
- Reich, Wilhelm, *La rivoluzione sessuale*, Feltrinelli, Milano 1984
- Rich, Adrienne, *Nato di donna*, Garzanti, Milano 2000
- Rowbotham, Sheila, *Esclusa dalla storia. Trecento anni di lotte della donna per la sua liberazione*, Editori Riuniti, Roma 1977
- Sabatini, Alma, *Il sessismo nella lingua italiana*, Presidenza del Consiglio dei ministri, Roma 1999
- Saraceno, Chiara, *Anatomia della famiglia. Strutture sociali e forme familiari*, De Donato, Bari 1981
- Spaziani, Maria Luisa, *La stella del libero arbitrio*, Mondadori, Milano 1986
- Stuart Mill, John, *La servitù delle donne*, Carabba Editore, Lanciano 2011
- Stuart Mill, John e Taylor, Harriett, *Sull'eguaglianza e l'emancipazione femminile*, Einaudi, Torino 2008
- Valeriano, Annacarla, *Ammalò di testa. Storie del manicomio*

*di Teramo (1880-1931)*, Donzelli Editore, Roma 2014

- Violi, Patrizia, *L'infinito singolare. Considerazioni sulla differenza sessuale nel linguaggio*, Essedue, Verona 1988

出 品 人：许　永
出版统筹：海　云
责任编辑：许宗华
特邀编辑：何青泓
责任校对：雷存卿
封面设计：墨　非
版式设计：万　雪
印制总监：蒋　波
发行总监：田峰峥

投稿信箱：cmsdbj@163.com
发　　行：北京创美汇品图书有限公司
发行热线：010-59799930

创美工厂
微信公众平台

创美工厂
官方微博